Chères lectrices,

C'est le matin du 1er janvier. Dehors, le givre a tout recouvert. Le monde est silencieux. Profitons de ce silence inhabituel, un silence qui nous rend étrangement songeuses, pour réfléchir à ce que nous attendons de cette nouvelle année.

Du bonheur pour nos proches, bien sûr. De la joie, des émotions, de l'amour… Soudain, c'est comme si un regard brûlant se posait sur nous pour nous réchauffer, tandis que dehors, le froid règne en maître. L'avez-vous remarqué vous aussi ? Le rêve d'amour peut nous faire frissonner, vibrer, pleurer, rire, tout comme une histoire bien réelle. Et peut-être plus intensément, parfois. Alors, oui, portons un toast à tous nos rêves d'amour, ceux qui peuplent notre esprit et notre mémoire, enchantent notre vie, et qui deviennent parfois tellement présents que quelqu'un finit toujours par nous demander : « Mais à quoi penses-tu, tu as l'air ailleurs ? »

Oui, nous sommes ailleurs, et pourtant tout près de ceux que nous aimons.

Je vous souhaite une très bonne année.

Excellente lecture !

La responsable de collection

Une si longue attente

LINDSAY ARMSTRONG

Une si longue attente

COLLECTION AZUR

éditions Harlequin

Cet ouvrage a été publié en langue anglaise
sous le titre :
THE CONSTANTIN MARRIAGE

Traduction française de
MONIQUE DE FONTENAY

HARLEQUIN®

est une marque déposée du Groupe Harlequin
et Azur ® est une marque déposée d'Harlequin S.A.

Toute représentation ou reproduction, par quelque procédé que ce soit, constituerait une contrefaçon sanctionnée par les articles 425 et suivants du Code pénal.
© 2002, Lindsay Armstrong. © 2007, Traduction française : Harlequin S.A.
83-85, boulevard Vincent-Auriol, 75013 PARIS — Tél. : 01 42 16 63 63
Service Lectrices — Tél. : 01 45 82 47 47
ISBN 978-2-2802-0551-1 — ISSN 0993-4448

1.

Perdu dans ses pensées, Alex Constantin passa sa main dans son épaisse chevelure brune et regarda une nouvelle fois sa montre. Le premier anniversaire de son mariage allait être célébré ce soir et l'heure de quitter le bureau pour s'y préparer approchait.

Depuis son fauteuil, il pouvait contempler le coucher du soleil sur la ville de Darwin et la mer de Timor — un spectacle qui ne le laissait jamais indifférent. L'Australie était devenue la terre d'accueil de ses ancêtres ; lesquels, il y avait de cela des lustres, avaient quitté leur Grèce natale pour en conquérir les grands espaces…

Mais, irrésistiblement, ses pensées revinrent se fixer sur la soirée à venir.

Serait-elle un tournant dans son mariage ?

L'avion ramenant sa femme de Perth n'atterrirait à l'aéroport de Darwin qu'en fin d'après-midi. Tatiana avait, en effet, laissé l'entière organisation de la fête entre les mains de sa belle-mère.

L'enthousiasme de cette dernière n'avait pas été une surprise pour Alex. A cette heure, la demeure familiale des Constantin devait rutiler comme un sou neuf et de somptueux bouquets de fleurs savamment arrangées en orner chaque pièce.

« Si le rôle de ma mère s'était cantonné à cela, tout aurait été parfait ! » pensa Alex, une grimace déformant un instant les traits harmonieux de son visage.

Il venait, hélas, de découvrir, sur la liste de la centaine d'invités fournie bien tardivement par sa mère, un nom qui n'aurait pas dû y figurer.

Celui de son ex-maîtresse, Leonie Falconer.

Sans l'avoir jamais rencontrée jusqu'alors, Tatiana connaissait son nom et il n'était nul besoin d'être diplômé en psychologie pour deviner ce qu'une telle rencontre, en ce jour spécial entre tous, aurait de déplaisant.

Des coups discrets frappés à la porte le tirèrent de sa méditation. Paula — sa fidèle secrétaire— entra dans le bureau, apportant, à sa demande, l'écrin déposé dans le coffre quelques heures auparavant.

— Merci, Paula, dit-il. Désirez-vous voir le cadeau que je me propose d'offrir à ma femme ce soir ?

— Je n'osais vous le demander !

Alex ouvrit l'écrin de velours, étudia un instant son contenu, puis le tendit à Paula, qui s'en saisit.

— Ce collier est une splendeur, monsieur Constantin ! s'exclama la secrétaire, éblouie. Je me doutais qu'il s'agissait de perles mais je constate qu'il est également agrémenté des diamants les plus purs !

— Pour quelqu'un dont l'activité principale est la production de perles, en offrir à sa femme ne serait pas considéré comme un cadeau, tandis que les diamants… Tatiana saura qu'eux, au moins, je les ai achetés.

Après un dernier regard admiratif au collier, Paula referma l'écrin.

— Mme Constantin n'est pas le genre de femme à avoir des pensées mesquines, fit-elle observer.

— Vous avez raison, Paula. Mme Constantin n'est pas ce genre de femme.

8

Madame Constantin !

Si Paula savait…

Il se leva. Sa secrétaire vouait une véritable vénération à *madame* Constantin. Aussi valait-il mieux qu'il gardât ses états d'âme pour lui.

Hélas, ces derniers occupèrent son esprit jusqu'à l'obsession tandis qu'il rejoignait, au volant de sa Jaguar, l'appartement surplombant Bicentennial Park et Lamerro Beach.

Une nouvelle grimace altéra le dessin de ses lèvres. Cela avait beaucoup amusé Tatiana d'apprendre qu'il habitait le même immeuble que le sultan de Brunei.

— Etes-vous vraiment aussi riche que ces rois du pétrole, Alex ? s'était-elle enquis, une lueur ironique au fond de ses immenses yeux bleu azur.

Piqué au vif, il avait aussitôt rétorqué :

— Certainement pas. La fortune amassée par ma famille, depuis des générations, dans la culture des huîtres perlières, même associée à celle des Beaufort dont vous êtes l'héritière, n'est que menue monnaie comparée à celle, incommensurable, du sultan.

— Mais vous êtes désormais le tout premier dans la production de perles précieuses, n'est-ce pas ? Et vous réussissez non seulement dans cette entreprise particulière, mais aussi dans l'élevage de bovins et la gestion de bateaux de croisière.

Alex avait cru percevoir comme du mépris dans ces propos et s'en était irrité. Descendante de l'un des tout premiers pionniers venus investir dans les terres vierges australiennes, Tatiana Beaufort prenait parfois, avec lui, des airs hautains qui le hérissaient.

— Oui, en effet, j'ai réussi. Nous, les Grecs, pouvons nous montrer particulièrement pugnaces dans nos entreprises. Et si nous n'avons pas l'aura des Beaufort, cela ne signifie pas…

— Je m'excuse, Alex, il n'était nullement dans mon intention de vous blesser. Votre famille a beaucoup travaillé et mérite amplement le succès financier qu'elle remporte. C'est juste que…

— Oui…

— Ce n'est pas seulement dans les affaires que les Grecs se montrent pugnaces. Ils le sont également en ce qui concerne la vie de famille.

Sur ces mots, elle avait quitté la pièce dans laquelle ils se trouvaient sans lui laisser la moindre chance de lui répondre.

« Ma mère a, certes, œuvré pour ce mariage, mais elle n'est pas la seule ! » avait pensé Alex, courroucé.

Pour avoir personnellement subi les assauts de Natalie Beaufort, la mère — d'origine russe — de Tatiana, il la savait largement pourvue de cette combativité que sa fille semblait réprouver. Leur mariage en était la preuve flagrante. Il n'était pas d'amour mais de raison, l'œuvre de deux mères attachées à assurer, au mieux, l'avenir de leur progéniture.

Tout au moins, c'est ainsi que sa propre mère avait justifié son acharnement à le convaincre d'épouser Tatiana Beaufort.

Toutes ces pensées tournaient dans son esprit tel un poisson dans un bocal tandis que l'ascenseur l'emportait à grande vitesse vers l'appartement en terrasse du dernier étage. A son arrivée, les lumières allumées lui indiquèrent que sa femme était bien rentrée de Perth en temps et en heure.

La chaîne stéréo diffusant son air d'opéra préféré, Tatiana ne l'entendit pas entrer. Elle avait laissé la porte de sa chambre ouverte. Il put ainsi l'observer tout à loisir sans qu'elle soit consciente de sa présence.

La jeune femme se tenait assise à sa coiffeuse, et parachevait un maquillage sophistiqué. Une longue robe, coupée dans un tissu fluide de la couleur de ses yeux, moulait son corps parfait, laissant ses épaules dénudées. Sa chevelure d'un noir profond encadrait l'ovale d'un visage sans défaut ; son teint évoquait la nacre des plus belles perles récoltées par l'entreprise Constantin.

Les yeux rivés sur elle, Alex ne put s'empêcher de trouver émouvants ses vingt ans. Elle avait encore si peu d'expérience de la vie !

Au fil des jours de vie commune, cependant, Alex avait découvert qu'il s'était fait bien des idées fausses sur Tatiana Beaufort, épousée sous la pression conjuguée de sa mère et de sa future belle-mère. La jeune femme lui avait, en effet, procuré bien des surprises.

La toute première s'était produite le soir même des noces. A peine le dernier invité parti, se campant devant lui, elle avait déclaré, sans émotion aucune, savoir qu'il ne l'épousait que pour associer leurs deux fortunes, et précisé qu'elle connaissait l'existence de sa maîtresse, Leonie Falconer.

« Dans ces conditions, avait-elle suggéré, il serait bien de prendre une année de réflexion avant de consommer ce mariage. »

Alex avait accepté. Qu'aurait-il pu faire d'autre ?

Aujourd'hui, il devait l'admettre : il avait grandement sous-estimé, en acceptant ce mariage de raison, la force de caractère de celle qu'il épousait.

Car, durant cette première année de mariage « contractuel », comme elle le qualifiait, elle s'était avérée une maîtresse de maison parfaite, s'occupant avec dynamisme et savoir-faire de leurs diverses résidences, apportant couleur et gaieté dans chacune d'elles.

L'accompagnant très souvent dans ses déplacements, elle offrait, aux yeux de tous, l'image d'une épouse idéale, allant même jusqu'à montrer de l'intérêt pour la culture des huîtres perlières, l'activité principale de son mari.

D'autre part, par son implication dans de nombreuses œuvres de charité, elle avait conféré une certaine aura à la famille.

A vrai dire, elle n'avait échoué que dans un seul domaine : répondre aux attentes de ses beaux-parents en leur donnant un héritier.

Pour les Constantin — comme pour tous les Grecs d'ailleurs — avoir une descendance était d'une importance primordiale. Aussi attendaient-ils d'Alex — leur fils unique — qu'il les pourvoie en nombreux petits-enfants.

Alex laissa échapper un soupir. De là venait la fâcheuse tendance de sa mère à vouloir s'immiscer dans sa vie amoureuse.

Comme, à l'âge de trente ans, il s'obstinait à ne montrer aucun goût pour le mariage, elle avait décidé de prendre les choses en main.

Au début, les trésors d'ingéniosité déployés par sa génitrice pour lui faire rencontrer des jeunes femmes « possédant toutes les qualités » ne manquèrent pas de l'amuser. Mais, très vite, cela l'exaspéra — et il la pria instamment de cesser de le harceler.

Deux choses s'étaient alors produites.

La tristesse évidente de sa mère lui avait donné quelques remords et la toute dernière des prétendantes présentées — Tatiana Beaufort — ne manquait pas d'atouts.

Le nom des Beaufort — l'une des toutes premières familles à s'être installées dans l'ouest de l'Australie, dans le district de Kimberley — était hautement respecté et, dans la corbeille de mariage, la jeune femme mettait deux immenses troupeaux de bovins de pure race.

Pour être honnête, Alex se fichait comme d'une guigne de la respectabilité des Beaufort — mais sa mère se montrait particulièrement sensible à ce genre de détail. En revanche, le prix de la viande bovine de qualité étant sur le point de doubler sur le marché, l'addition des deux cheptels et de ceux qu'il possédait déjà offrait un intérêt non négligeable…

Alex tardait à se prononcer quand un second personnage entra dans la négociation : la mère de Tatiana.

Et le jeune homme dut très vite se rendre à l'évidence : si sa propre mère possédait un talent certain de marieuse, la nouvelle venue, dans cette triste matière, avait du génie.

Pour Natalie Beaufort, sa fille était non seulement d'une beauté à nulle autre pareille, mais elle était également dotée de tous les talents et de toutes les vertus du monde.

— Pourquoi, lui avait plaisamment demandé Alex, m'avoir choisi parmi tous les prétendants auxquels pouvait aspirer votre fille ?

— Parce que j'ai une grande confiance en vous, Alex Constantin, avait répondu Natalie, sans hésitation aucune. Je me fais beaucoup de soucis pour Tatiana. Elle pourrait si facilement tomber entre les mains d'un homme sans scrupule ! Du vivant de son père, elle a vécu une vie si protégée ! Elle ne connaît rien des turpitudes de la vie et n'est pas armée pour y faire face.

Se remémorant l'innocence qu'il avait lue dans les immenses yeux bleus de la jeune femme lors de leurs précédentes rencontres, Alex avait approuvé tacitement.

— Tatiana voit-elle d'un bon œil ce mariage, madame Beaufort ? Les jeunes filles de son âge ne rêvent-elles pas, toutes, de faire un mariage d'amour ?

Un large sourire avait illuminé le visage de Natalie.

— Mon cher Alex, je ne doute pas une seconde que ma fille puisse tomber amoureuse de vous.

Comme il levait un sourcil dubitatif, elle avait insisté.

— Vous êtes un homme extrêmement séduisant, Alex Constantin mais, surtout, qui mieux que vous saura faire fructifier les deux cheptels, Beaufort et Carnarvon, dont elle a hérité ?

— Madame Beaufort, nous discutons de l'avenir de votre fille et non de celui de troupeaux de bovins !

Natalie avait haussé les épaules.

— Un mariage unissant deux êtres partageant les mêmes intérêts apporte plus de bonheur et de stabilité qu'un roman d'amour hasardeux. C'est ma conviction profonde et votre mère la partage.

— Ma mère semble infiniment moins matérialiste que vous, madame Beaufort. Elle est persuadée que je vais finir par tomber amoureux de l'une des perles qu'elle s'évertue à me présenter.

— Tout en les triant sur le volet afin qu'elles vous conviennent en tout point…

— Mais en me laissant la liberté du choix final. Ce qui, avouez-le, change radicalement les choses. Vous m'imposez à votre fille. Sans vous, elle ne m'aurait sans doute pas choisi.

— Qu'en savez-vous ? J'ai toutes les raisons de croire que ma fille est amoureuse de vous.

Cette affirmation péremptoire avait quelque peu déstabilisé Alex, même s'il n'en avait rien laissé paraître à son interlocutrice.

A bout d'argument, il avait éprouvé le besoin d'aller prendre conseil auprès de son père.

Depuis quelques années déjà, George Constantin avait confié la direction de l'empire familial à son fils. En cas de problème important, néanmoins, il appréciait qu'on le consulte ; et cette proposition de mariage en était un.

Une surprise attendait Alex. Dès les premiers mots échangés, son père lui assura avec force que cette union était la meilleure chose qui puisse lui arriver.

— Cette fois, ajouta-t-il, je suis totalement d'accord avec ta mère. Tatiana Beaufort est l'épouse idéale pour toi !

— Tu étais donc au courant de ses différentes tentatives pour me nantir d'une épouse !

George haussa les épaules.

— Ton mariage est une affaire bien trop grave pour que j'en sois tenu à l'écart. Je le répète, ta mère ne pouvait choisir meilleure candidate que cette fille. Elle est belle, bien éduquée, et assez jeune pour être malléable à souhait. Tu pourras en faire une épouse parfaite. En son temps, ma propre mère a mené campagne auprès de moi pour que j'épouse ta mère, et vois le résultat. Ne sommes-nous pas un couple parfait ?

— Le monde a changé, papa !

— J'en conviens. Mais tu ne peux rester célibataire à vie, Alex ! Je sais combien tu as souffert lorsque Flora Simpson a rompu votre liaison pour retourner vivre auprès de son mari. Depuis cette histoire, tu es devenu allergique à toute idée de mariage, mais cela ne peut durer éternellement.

Devant le silence de son fils, il poursuivit :

— Ta mère et moi ne sommes plus de la première jeunesse, Alex. Nous avions abandonné tout espoir d'avoir un enfant quand tu es enfin arrivé. Rien ne pourrait faire plus plaisir à ta mère, aujourd'hui, que tu fondes une famille. Et je serais moi-même le plus heureux des grands-pères… Si, par le passé, l'amour t'a fait cruellement souffrir, pourquoi ne pas te rallier à cette idée de mariage de raison ? Elle est loin d'être dénuée de sens. Cela dit, la décision finale, dans ce domaine particulier, doit rester entièrement la tienne.

Alex s'était contenté de hocher la tête sans répondre. Qu'aurait-il pu dire ? Qu'il connaissait très bien les atouts de la fille Beaufort ? Qu'elle avait les yeux bleus les plus extraordinaires qu'il ait jamais croisés ? Que ces deux cheptels de très grande qualité dont elle avait hérité, associés à ceux de la famille Constantin, accroîtraient considérablement leur puissance ?

Cette dernière réflexion — affreusement matérialiste, certes — pesait lourd dans la balance. Que deviendraient ces deux cheptels entre les mains d'une jeune novice ? Pire encore. Que deviendraient-ils si le premier venu mettait la main sur ce potentiel ?

Non, décidément, il ne pouvait laisser à personne d'autre la possibilité d'épouser Tatiana Beaufort !

La vue de cette dernière battant la mesure à l'aide de sa

brosse à cheveux le ramena à l'instant présent. Il sourit. Une fois sa décision prise, il n'avait eu que peu d'efforts à faire pour lui conter fleurette. Dès le départ, la « perle » avait semblé priser beaucoup ses attentions et sa compagnie.

Cela dit, elle s'était révélée singulièrement timide. Il ne fit bientôt aucun doute qu'elle était vierge et souhaitait le rester jusqu'au mariage... quoique, chaque fois qu'il l'avait prise dans ses bras, il l'avait sentie vibrer et répondre avec fougue à ses baisers. Si bien qu'au moment de leurs fiançailles, il avait acquis la certitude que, quels que soient ses propres sentiments, Tatiana Beaufort était effectivement amoureuse de lui, comme l'avait laissé entendre Natalie Beaufort.

Que s'était-il donc passé pour que les choses changent si brutalement ?

Comment avait-elle appris l'existence de sa maîtresse ?

Qui lui avait donné son nom ?

Si elle avait toujours su que leur mariage était de convenance, pourquoi avoir attendu la nuit de noces pour lui en parler ?

L'air d'opéra s'arrêta ainsi que les mouvements de la brosse qui en accompagnaient le rythme. Se retournant, Tatiana le vit alors, adossé au mur, la contemplant. Le rouge lui monta aussitôt aux joues. Et, l'espace d'une seconde, elle eut l'air terriblement vulnérable.

Pourquoi ? Parce qu'il l'avait surprise battant la mesure ou, simplement, parce qu'il était là ?

— Alex ! Depuis combien de temps êtes-vous ici ?

— Assez longtemps pour avoir eu le plaisir d'admirer votre talent de chef d'orchestre.

— Vous vous moquez de moi !

— Absolument pas ! Il m'arrive, à moi aussi, de battre la mesure en écoutant mes musiques préférées. Comment s'est passé votre séjour dans notre maison de Perth ?

— Très bien. J'ai pu ranger mes vêtements d'hiver. Mais

16

les soirées y sont encore fraîches… Heureusement, il y a la cheminée. Et vous, qu'avez-vous fait de vos journées ?

— Rien de très intéressant, la routine ! Ah, non, pas tout à fait… Je vous ai acheté un cadeau pour notre anniversaire.

S'approchant, il déposa l'écrin au creux de sa main. Elle leva ses immenses yeux bleus vers lui.

— Un *cadeau* ! Vous n'étiez absolument pas obligé…

— Je sais !

— Pour… pourquoi, alors, l'avoir fait ?

— Votre mère et mes parents s'attendent, en cette occasion, à ce que je me comporte en mari comblé. Pour eux, l'admirable épouse que vous avez été durant toute cette année mérite une récompense. Et vous avez été une épouse admirable, Tatiana… du moins sur certains points.

Elle déglutit avec peine.

— Vous êtes fâché, n'est-ce pas ?

— Non. Je ne suis pas fâché, seulement intrigué. Que sera notre deuxième année de mariage ? Y en aura-t-il seulement une ? Ce sont des questions que je suis en droit de me poser, non ?

Tatiana détourna la tête et crispa ses mains sur l'écrin.

— Le problème est que… je… je n'ai encore pris aucune décision…

— Que dois-je en conclure ? Que vous avez besoin d'une seconde année de réflexion ?

Blessée par l'ironie du ton, Tatiana se redressa de toute la hauteur de sa taille.

— Non ! Une discussion avec vous sur le sujet me semble, en effet, indispensable. Mais le moment est mal choisi… Elle risque de prendre du temps et de nous faire arriver en retard à la fête.

Elle parvint à esquisser un sourire.

— Imaginez l'angoisse de votre mère, si nous tardons !

— Bien ! Remettons donc cette conférence. En attendant, permettez-moi...

Sortant le collier de l'écrin, il le mit autour du cou de la jeune femme.

— Alex... ce... ce collier est sublime ! s'exclama-t-elle, manifestement éblouie. Mais, il ne fallait pas... Je me sens coupable ! Mieux que personne, vous savez que je ne mérite pas ce cadeau. Je... je n'ai jamais été vraiment votre femme !

— Des vraies perles et des vrais diamants pour une fausse épouse ! Voilà qui ne manque pas de sel. Pourquoi avoir accepté que cet anniversaire soit célébré, Tatiana ?

La jeune femme eut un profond soupir.

— Sans doute pouvez-vous tenir tête à votre mère, Alex. J'en suis, pour ma part, absolument incapable.

— Ma chère Tatiana, si je le pouvais, nous n'en serions pas là. Nous devons nous en accommoder... et c'est pourquoi j'ai l'intention de faire de cette soirée une réussite. Laissez-moi passer à votre cou ce collier qui, aux yeux de tous, fera croire à mon entière satisfaction.

Elle ouvrit la bouche pour argumenter mais la referma aussitôt. Qu'aurait-elle pu dire ? Il avait raison en tout point.

Comme, pour actionner le fermoir, il effleurait sa peau nue de ses doigts, il la sentit frémir. « Malgré son air hautain, elle n'est donc pas totalement insensible à mon contact ! » pensa-t-il avec satisfaction.

Dans le miroir, il put contempler l'effet produit par le bijou.

— Superbe ! dit-il avec sincérité.

De son doigt, il suivit le parcours des perles, descendant jusqu'au décolleté puis remontant de l'autre côté. Très distinctement, il entendit le souffle de la jeune femme s'accélérer.

— Vous portez ce collier comme une reine, Tatiana. Vous

serez certainement, ce soir, la meilleure publicité pour les produits de notre entreprise. Qu'en pensez-vous ?

Leurs regards se rencontrèrent dans le miroir.

— C'est un cadeau somptueux, Alex. Merci.

— Merci à vous, *madame* Constantin. Votre peau est pour ces perles un splendide faire-valoir.

Il lut la surprise dans les yeux bleu azur. Le compliment lui avait échappé, mais il était amplement mérité.

— Accordez-moi dix minutes pour me changer et allons à cette fête, reprit-il.

Au moment de franchir la porte, il se retourna.

— Je dois, hélas, vous faire part d'un désagrément, quant à cette soirée…

Elle arqua ses sourcils, intriguée.

— Lequel ?

— Je n'ai eu la liste des invités fournie par ma mère que cet après-midi. Le nom de Leonie Falconer y figure.

— Vous… vous voulez dire que votre maîtresse…

— Mon *ex*-maîtresse, Tatiana ! Comment ma mère a-t-elle pu commettre pareille bévue ?

Tatiana pinça ses lèvres.

— Sans doute pensait-elle que vous vous étiez amendé, depuis votre mariage.

— Dois-je vous rappeler les termes de l'accord que vous avez vous-même prôné, le soir de nos noces ? Il était entendu que, durant cette année de réflexion dont vous aviez besoin, je n'étais pas tenu de vivre une vie de moine.

Elle rougit. Il continua :

— Quels que soient les vices que je puisse avoir, exhiber ma maîtresse à l'anniversaire de mon mariage n'en fait pas partie. J'ai vainement tenté de joindre Leonie. Elle semble s'être mise volontairement sur répondeur. Il était donc de mon devoir de vous avertir de cette présence que je n'ai pu empêcher.

— Que Leonie Falconer aille au diable ! répliqua la jeune femme. Elle ne gâchera pas notre fête !

Plus que jamais, elle affichait cet air hautain des Beaufort qui l'agaçait tant. Cette fois, cependant, il l'apprécia tout particulièrement.

— Bravo, Tatiana, lança-t-il, le sourire aux lèvres, voilà qui est bien parlé ! Je vous rejoins dans dix minutes.

2.

La ville de Darwin — qui doit son nom au célèbre naturaliste anglais Charles Darwin —, capitale du territoire Nord de l'Australie, ne bénéficie que de deux saisons. La première est chaude et très humide, la seconde, chaude et très sèche. Durant la saison humide, elle peut subir des orages violents et même des cyclones. Ses habitants se souviennent encore de l'un d'entre eux, le cyclone Tracy, qui endommagea sérieusement la cité et fit de nombreuses victimes.

Fort heureusement, la date anniversaire de leur mariage tombait au tout début de la saison sèche.

« Les choses pourraient donc être pires ! » songea Tatiana avec philosophie, comme elle était assise au côté de son mari dans sa superbe Jaguar.

Supporter la violence des éléments naturels alors que, sur un plan émotionnel, elle traversait le pire des cyclones, aurait été au-dessus de ses forces.

Les paupières à demi baissées, elle observait Alex. Natif de Darwin — contrairement à elle —, il ne semblait guère affecté par ces changements extrêmes de climat. En fait, bien peu de chose affectait celui qui était devenu son mari. En toutes circonstances, il paraissait parfaitement sûr de lui, imposant sa loi même… à sa maîtresse !

« Quand celle-ci veut bien lui obéir, ce qui ne semble pas toujours être le cas ! » se dit-elle, non sans humour.

Jusqu'alors, les deux femmes ne s'étaient jamais rencontrées, ce qui était plutôt surprenant dans une ville de la taille de Darwin. Styliste de formation, Leonie Falconer avait créé son propre atelier de création de bijoux. Ce dernier rencontrait un réel succès et l'entreprise Constantin lui passait souvent commande.

Tatiana ne pouvait s'empêcher d'admirer le cran de Leonie qui s'était mise sur répondeur afin d'éviter toute pression de la part d'Alex.

Pourquoi Leonie avait-elle accepté l'invitation ?

Pourquoi la mère d'Alex la lui avait-elle transmise ?

Leonie était-elle vraiment une *ex*-maîtresse, comme le proclamait Alex ?

Décidément, bien des questions dont elle ignorait les réponses menaçaient sa tranquillité !

Mais la plus grande énigme restait indubitablement l'homme qui se tenait auprès d'elle, conduisant la Jaguar de sport de main de maître vers le somptueux manoir de ses parents surplombant Fannie Bay.

En fait, Alex Constantin représentait le plus important défi qu'elle se soit lancé, elle qui ne dédaignait pas ce genre de sport.

Dès leur toute première rencontre, elle avait su, avec certitude, qu'elle n'était pas insensible à son charme.

Ne pas y succomber s'avérait impératif.

Elle avait cru y parvenir. Quelle naïveté ! Une demi-heure plus tôt, cette conviction avait été singulièrement mise à mal. Un collier de perles et de diamants, des doigts frôlant sa peau, la simple mention de l'existence d'une *maîtresse* — ex ou pas — avaient suffi pour que se fissure la carapace patiemment élaborée.

Pour tout dire, la jeune femme éprouvait deux sentiments absolument contradictoires envers celui qu'elle avait épousé.

L'amour et la haine.

C'était épuisant.

A la pensée de ce qu'elle avait pu laisser deviner, ce soir, elle crispa ses poings de rage. Douze mois de parfaite maîtrise d'elle-même ruinés en moins d'une minute ! Il faut dire que l'image du couple qu'ils formaient dans le miroir l'avait fort déstabilisée.

Comment rester imperméable à la virilité conquérante d'Alex Constantin ? Le simple effleurement de ses doigts sur son cou l'avait fait vibrer de tout son corps.

Etait-ce l'effet de son imagination ? Il lui avait semblé, ce soir, que son attitude envers elle — toujours si froide et maîtrisée — s'était légèrement modifiée.

Si seulement la révélation de la présence de sa maîtresse à la soirée n'était pas venue tout gâcher !

La jeune femme continua à regarder son compagnon à la dérobée. Grand, athlétique, charismatique, il pouvait se montrer parfois incroyablement attentionné mais également, hélas, effroyablement hautain et distant.

Une question, en particulier, taraudait l'esprit enfiévré de Tatiana. Pourquoi Alex Constantin l'avait-il épousée ? Il avait une maîtresse et certainement toutes les plus belles femmes de la ville à ses pieds. Il n'était pas amoureux d'elle, elle en était certaine. Sa décision restait, pour elle, un mystère.

A moins que...

A moins que ses raisons n'aient été aussi matérialistes que les siennes !

Beaufort et Carnarvon. Deux territoires d'élevage aussi grands, à eux deux, que le Royaume-Uni !

Un héritage qui pesait lourd — trop lourd — sur les épaules de Tatiana.

Austin Beaufort, son père, avait été un homme rude, autoritaire et difficile à vivre. Mais il lui avait inculqué l'amour de la terre, l'attachement quasi mystique pour les vastes étendues du territoire de Kimberley.

C'est à sa fille et non à sa femme, Natalie, qu'Austin Beaufort, avant de mourir, avait légué les deux domaines et leur cheptel renommé. Depuis toujours, Natalie avait affiché une nette préférence pour le confort citadin de leur maison de Perth…

Oui, l'héritage était lourd à porter pour Tatiana. Durant la longue maladie de son père, les investissements nécessaires pour moderniser les deux domaines n'avaient pas été réalisés. Ils étaient plus que jamais indispensables.

En approchant le tout puissant Alex Constantin afin qu'il devienne son gendre, Natalie Beaufort n'avait sans doute cherché qu'à assurer l'avenir de sa fille. Aurait-elle pu, d'ailleurs, faire un meilleur choix ? Alex Constantin était immensément riche, extrêmement compétent dans le domaine de l'élevage et — ce qui ne gâtait rien —terriblement séduisant.

Cet homme aux multiples atouts avait-il accepté de s'unir à elle afin de s'approprier Beaufort et Carnarvon ?

Probablement !

— Nous voici arrivés ! annonça Alex.

Tatiana remisa ses questions dans un coin de son esprit. Il lui faudrait, un jour, leur trouver une réponse. Le plus tôt serait le mieux.

Comme on pouvait s'y attendre, dès leur arrivée, sa mère s'extasia devant la splendeur du cadeau d'anniversaire d'Alex. Puis elle ajouta, songeuse :

— Je me demande s'il a été dessiné par Leonie Falconer… Elle a un talent fou et travaille beaucoup pour Alex. Du reste, elle est ici ; elle a été invitée à la fête.

Tatiana grinça des dents. Sa génitrice ignorait que Leonie

Falconer n'avait pas seulement, pour son mari, des talents de styliste. Sans doute sa belle-mère l'ignorait-elle aussi…

Mais une question de plus la hantait désormais. Alex avait-il demandé à son amante de dessiner le collier de sa femme ?

La fête préparée par la maîtresse des lieux était une réussite indiscutable. Rien ne manquait pour que les invités soient pleinement satisfaits. La nourriture était savoureuse, les boissons abondantes et variées. Les morceaux de musique, soigneusement choisis, allaient sûrement inciter chacun à danser jusqu'à l'aube.

Quant à Tatiana, il lui semblait posséder des antennes exclusivement branchées sur Alex et Leonie Falconer. Jusqu'alors, il n'y avait encore eu aucune communication entre les deux amants. Mais, soudain, comme elle se retournait, elle se retrouva face à face avec l'objet de ses pensées : Leonie.

— Bonsoir, lança aussitôt Tatiana. Nous ne nous sommes encore jamais rencontrées, mais je sais qui vous êtes.

Portant la main à son collier, elle ajouta :

— Dois-je vous remercier pour la conception de cette merveille ?

Avec ses yeux couleur noisette, ses cheveux auburn et sa silhouette sculpturale mise en valeur par une robe fourreau de velours noir, Leonie Falconer était sans conteste une très belle femme.

Elle aussi portait, autour de son cou, un collier de perles. Un cadeau d'Alex ?

Leonie prit le temps de contempler longuement celui qui ornait le cou de Tatiana avant de répondre :

— Non. Je ne suis pour rien dans cette merveille. Alex a toujours eu beaucoup de goût. Vous avez vraiment de la chance, madame Constantin.

— Pourquoi êtes-vous venue à cette soirée, mademoiselle Falconer ?

Fugitive, mais perceptible pour l'œil avisé de Tatiana, une crispation marqua le visage de Leonie.

« Elle est vraiment beaucoup plus grande que moi !» pensa Tatiana. Ce constat ne l'empêcha pas de toiser sa rivale de toute sa hauteur.

— Pourquoi êtes-vous venue ? répéta-t-elle, froide comme un iceberg.

Leonie haussa les épaules.

— La curiosité, je suppose et puis, j'avais été invitée, non ?

— C'est exact. Par la mère d'Alex. Mais si elle s'était doutée, une seconde, des relations qui vous unissent à son fils, elle vous aurait fuie comme la peste.

— Peut-être. Pour ma part, j'estime avoir ma place dans cette soirée. Je travaille pour la famille Constantin depuis un certain temps et lui donne toute satisfaction. Certes, au moment de votre mariage, j'ai reçu des instructions claires et précises : « Au moindre problème causé, vous ne recevrez plus aucune commande de l'entreprise ! » La secrétaire d'Alex sait transmettre ses ordres. Mais je n'ai aucune inquiétude. S'il s'est entiché de vous, il se lassera vite, et, alors, il me reviendra.

Sur ces mots, elle tourna les talons et se fondit dans la foule.

— Que se passe-t-il ? s'enquit brusquement une voix derrière elle.

Tatiana pivota et découvrit Alex.

— Oh, rien d'autre qu'un rituel bien connu entre une ex-maîtresse et une épouse, repartit-elle négligemment.

— C'est-à-dire ?

Tatiana s'apprêtait à répondre quand, du coin de l'œil, elle aperçut sa belle-mère se dirigeant vers eux.

— L'explication va devoir attendre, Alex. Votre mère arrive.

Faites-moi danser afin de lui donner à penser que tout va pour le mieux dans le meilleur des mondes.

Et, sans plus attendre, elle se lova dans ses bras.

La surprise tétanisa tout d'abord Alex mais, très vite, passant son bras autour de sa taille, il l'entraîna dans un slow langoureux… comme l'aurait fait tout mari amoureux de son épouse.

A l'évidence, il savait fort bien jouer la comédie.

— Je pense qu'il est temps pour moi d'aller au lit, déclarait Tatiana, quelques heures plus tard, en étouffant un bâillement de sa main.

Il était 2 h 30 du matin et ils venaient, dans un silence de mort, de regagner l'appartement.

Ils se tenaient tous deux dans ce salon qu'elle avait pris tant de plaisir à décorer. Alex avait mis le luxueux logis en terrasse à son nom, comme le stipulait le contrat de mariage, en compensation de la dot qu'elle apportait.

Il dominait le port de Darwin. La nuit était noire, mais des centaines de lumières éclairaient le lieu et se reflétaient dans l'eau sombre.

— Vous n'irez certainement pas vous coucher avant de m'avoir donné des explications, Tatiana !

Ses chaussures dans une main et son collier dans l'autre, la jeune femme se retourna, surprise par cette « sommation » peu amène. Ne voyait-il pas qu'elle était épuisée ?

— Alex, ce n'est vraiment pas le moment de…

— Asseyez-vous ! ordonna-t-il en lui tendant l'un des deux verres, remplis à ras bord d'un liquide brunâtre, qu'il tenait dans ses mains.

— Qu'est-ce que c'est ?

— Un remontant. Vous le méritez car vous avez pleinement

assumé le rôle de l'épouse heureuse et comblée. Ma mère était aux anges. Sa soirée était exemplaire.

— De l'alcool ?

— N'ayez aucune crainte ! Il n'est pas dans mes intentions de vous enivrer pour tenter de vous séduire.

Tatiana s'empara du verre et, par défi, le but d'un trait. C'était délicieusement frais et agréable au palais. Elle prit alors place dans un fauteuil et lui conta, en quelques phrases concises, sa conversation avec Leonie Falconer.

S'appuyant contre le mur, Alex l'écouta, tournant pensivement son verre dans sa main.

— Comme je le subodorais, Leonie s'est rendue à cette soirée avec l'intention de vous faire mal, fit-il dès qu'elle eut terminé. Ce qu'elle vous a dit ne correspond pas exactement à la réalité.

Prenant conscience qu'elle tripotait son collier, au risque de le casser, Tatiana le déposa sur la table basse à côté d'elle.

— Ce qu'elle m'a dit n'a aucune importance, Alex…

— Cela pourrait, au contraire, en avoir pour la suite de notre relation. Vous avez affirmé vouloir en discuter.

— C'est vrai, mais je suis fatiguée.

— C'est pourquoi cette discussion ne doit pas s'éterniser. Je suggère donc que nous cessions de jouer et fassions de notre mariage une réalité.

Tatiana ouvrit de grands yeux.

— De jouer ?

— Appelez cela comme vous voulez ! Vous avez demandé une année de réflexion. Une excellente suggestion qui nous a permis de tester une cohabitation qui se passe pour le mieux…

— Parce que nous vivons comme frère et sœur ! Il en serait tout autrement si nous étions… euh, je veux dire… si nous avions…

Posant son verre vide sur la table, il s'approcha d'elle, prit ses mains dans les siennes et l'obligea à se lever pour lui faire face.

— Ma chère Tatiana, je suis pour ma part intimement persuadé que consommer notre mariage serait la meilleure façon d'améliorer encore cette cohabitation. Faites-moi confiance. Je sais de quoi je parle.

Il effleura de ses doigts la peau ultrasensible de sa gorge et, une fois de plus, comme pour lui donner raison, elle vibra de tout son être.

— Vous avez la nuit pour réfléchir, poursuivit-il, un sourire narquois sur les lèvres. En fait, vous aurez même beaucoup plus de temps car je dois partir demain à l'aube pour une tournée d'inspection de nos fermes de culture. Je serai absent pour quelques jours. Nous pourrions ensuite nous retrouver à Beaufort. J'ai quelques idées à vous soumettre pour sauver le domaine.

« Sauver le domaine. »

Se redressant brusquement dans son lit, Tatiana jeta un regard sur l'écran du réveil digital. Il indiquait 9 heures.

Bien qu'exténuée, elle avait éprouvé les plus grandes difficultés à trouver le sommeil ; et elle se réveillait avec les derniers mots prononcés par Alex tournant dans son esprit tel un maelström.

« Sauver le domaine ! »

Un pur chantage.

Comment, en effet, qualifier autrement la phrase sibylline lancée avant de l'abandonner, tétanisée, dans le salon, la veille ?

« Comment a-t-il appris mon intérêt passionné pour Beaufort et Carnarvon ? se demanda-t-elle. Seule ma mère est au courant ! »

Car il lui fallait être honnête. Si, depuis leur mariage, elle avait montré un vif intérêt pour la culture des huîtres perlières, c'était surtout le savoir-faire d'Alex en matière d'élevage de bovins qu'elle avait tenté d'absorber comme un buvard en se tenant le plus souvent possible à ses côtés.

Son mariage avait, pour elle, un but précis : acquérir le plus de connaissances possible dans la gestion de cheptels bovins, au cas où elle devrait de nouveau s'acquitter, seule, de l'administration de ses terres.

Hélas, douze mois d'observation n'avaient pu suffire et Alex le savait mieux que personne. Voilà pourquoi il lui proposait de la retrouver sur ses terres de Beaufort, assurant avoir des idées pour « sauver le domaine ».

Oui, un pur chantage.

Elle ne trouvait décidément pas d'autres noms pour qualifier sa proposition.

« Il serait temps que tu te demandes pourquoi il souhaite que ce mariage perdure, souffla à son oreille la voix de la raison. Ne rêve pas ! Ce n'est certainement pas parce qu'il est subitement tombé amoureux de toi ! Plus simplement, le moment est sans doute venu, pour lui, de mettre enfin en valeur les cheptels apportés dans la corbeille de mariage, ce qu'il n'a pas vraiment eu le temps de faire jusqu'alors. »

Tatiana ne pouvait que souscrire à sa proposition. Elle l'attendait depuis si longtemps !

Une nouvelle question lui vint alors à l'esprit. Alex avait-il quitté sa maîtresse afin de lui ôter tout prétexte pour rompre leur mariage ?

La sonnerie du téléphone posé sur sa table de chevet retentit, interrompant le cours de ses pensées. Elle décrocha.

— Oui...

La voix de sa belle-mère se fit entendre à l'autre bout du fil.

— C'est la meilleure soirée que j'aie jamais organisée ! lança-t-elle, volubile. Et c'est à vous que je le dois, Tatiana !

La jeune femme arqua ses sourcils.

— Je n'ai rien fait ! protesta-t-elle. Vous avez tout pris en charge, Irina.

— Mais vous étiez si belle, si rayonnante ! Tous les invités ont pu voir combien vous et Alex étiez bien assortis et heureux ensemble. L'année prochaine, peut-être, pourrons-nous fêter l'arrivée d'un nouveau membre dans la famille...

Un ange passa. Irina espérait sans doute une réponse qui ne vint pas.

— Tatiana, je voulais vous demander... euh... y aurait-il un problème à ce sujet ? Si c'est le cas, je connais le meilleur gynécologue de la région. Il a accompli des miracles pour certaines de mes amies.

Tatiana retint avec peine un soupir d'exaspération.

— Irina...

Que dire ?

Que les apparences étaient trompeuses ?

Que ce mariage arrangé n'était pas aussi parfait que sa belle-mère l'imaginait ?

Qu'elle s'était trompée dans son choix ? Qu'elle aurait dû choisir — comme épouse pour son fils — une jeune Grecque, plus à même de comprendre ses attentes et de les satisfaire ?

— Non, il n'y a aucun problème, Irina ! Du moins, pas à ma connaissance. Mais il s'agit là de... de notre intimité, à Alex et à moi.

Après un temps, Irina reprit la parole, des trémolos dans la voix.

— Je vous demande pardon, Tatiana. Je me mêle de ce qui ne me regarde pas. Il s'agit de votre intimité, en effet. Mais j'ai tellement hâte d'avoir des petits-enfants ! C'est que je ne suis plus de la première jeunesse...

— Irina...

Tatiana s'arrêta net dans son élan. Tout en comprenant la

hâte de sa belle-mère, elle ne se sentait pas prête à remplir son rôle de « reproductrice ». Mais avouer cette réalité à Irina aurait été un trop grand choc pour elle… Devinant sans doute que son interlocutrice préférait ne pas s'étendre sur ce sujet, Irina déclara :

— Je vous promets de ne plus vous importuner, Tatiana. Mais, hier soir, en vous voyant si proches, vous et Alex, j'ai cru…

— Pourquoi ne pas déjeuner ensemble, Irina ? A Cullen Bay, par exemple. Je prierai ma mère de se joindre à nous…

Elle nomma un restaurant et reçut l'assentiment enthousiaste de sa belle-mère.

En raccrochant, Tatiana se demanda si elle ne venait pas de commettre une erreur. Tisser des liens avec sa belle-famille n'était pas une bonne idée. Cela ne ferait que rendre plus difficile encore sa décision éventuelle de mettre fin à ce mariage de convenance.

Laissant échapper un soupir, elle se cala confortablement dans son fauteuil et alluma la télévision — pour l'éteindre aussitôt à la vue du reportage diffusé. Elle n'était pas d'humeur à suivre, en images, la vie d'une famille indienne de l'île Maurice dans laquelle le patriarche choisissait les épouses de ses fils — allant même jusqu'à se rendre en Inde pour cela — sans que cela pose le moindre problème.

Se levant, elle se dirigea vers la salle de bains afin d'y prendre une douche, mais son esprit resta focalisé sur la même question : pourquoi les Constantin n'avaient-ils pas choisi une jeune Grecque pour leur fils ? Cela aurait été dans la logique des choses. Après tout, partager la même culture, les mêmes valeurs, pouvait se révéler un atout pour un couple.

L'attitude d'Alex dans cette histoire ne manquait pas de l'intriguer. Il n'était pas du genre à respecter les coutumes d'un autre âge. Il était l'indépendance même, ne répondant qu'aux exigences de sa propre volonté. Pourtant, il avait cédé à la pression de ses parents. Quels arguments ces derniers avaient-ils avancés pour le faire céder ?

Tatiana tenta de les deviner. « Peu importe que cette femme ne soit pas l'une des nôtres, Alex. Elle est jeune, donc malléable, et a hérité de Beaufort et Carnarvon. »

Alex pouvait-il résister à de tels arguments ? Probablement pas.

Une autre de ces chaudes journées sans nuages s'annonçait, sans événements majeurs à gérer pour Tatiana.

La femme de ménage arriva alors qu'elle prenait son café. Elles firent ensemble le tour de l'appartement afin de lister les tâches à accomplir.

Cela fait, Tatiana retourna à son café.

Elle adorait cet appartement qu'elle avait pris grand plaisir à décorer selon ses goûts, dans une harmonie de couleurs pastel du plus bel effet. Elle était fière des tableaux choisis pour les murs du salon, des deux potiches en porcelaine peintes à la main et des splendides vasques de bois sculpté dénichées chez un brocanteur. Le divan confortable, aux lignes pures et au tissu de velours crème, s'accordait à ravir avec l'ensemble.

Non sans un léger pincement au cœur, elle prit conscience de l'importance que ce lieu avait désormais pour elle.

Certes, les beautés des vastes étendues herbeuses de Kimberley — le territoire de son enfance — restaient toujours chères à son cœur, mais...

Elle était de plus en plus attachée à cet appartement.

Pourquoi ?

Parce qu'elle l'avait arrangé à son goût ou parce qu'elle le partageait avec Alex ?

Alex possédait également une maison à Perth et une autre

à Sidney, mais c'était cet appartement de Darwin qui avait la préférence de Tatiana.

Sa tasse de café à la main, elle prit la direction de la chambre d'Alex. Ils faisaient chambre à part. Alex n'avait appris ce détail capital que le soir des noces. Elle retint une grimace. N'avait-elle pas joué avec le feu en lui annonçant tout de go, une fois les invités partis, qu'elle se réservait la chambre principale et qu'il allait devoir prendre la chambre d'amis ?

La cérémonie de mariage s'était révélée une redoutable épreuve pour les nerfs de la jeune femme. « Ne suis-je pas en train de me fourvoyer ? Epouser un homme qui ne m'aime pas est une pure folie !» se répétait-elle jusqu'à l'obsession.

Mais le pire restait à venir : la nuit de noces, l'épreuve suprême. Là encore, rien ne s'était passé comme prévu. Alex avait accepté ses conditions avec une facilité déconcertante. Qu'avait-elle espéré ? Qu'il insiste ? Qu'il lui déclare sa flamme ? Rien de tout cela ne s'était produit. Et la lueur ironique décelée dans son regard, ce soir-là, à la vue du lit royal dont elle avait fait l'acquisition, ne fit qu'ajouter encore à sa confusion. N'avait-elle pas dû faire fabriquer des draps sur mesure, aucun n'existant dans cette taille spéciale ?

La jeune femme grimaça franchement. Indubitablement, son comportement, ce soir-là, avait été impulsif et immature. Qu'en était-il aujourd'hui, un an plus tard ? Avait-elle mûri ?

Pas sûr !

Elle se sentait tout aussi incapable de prendre une décision quant à l'avenir de ce mariage de raison.

Elle pénétra dans la chambre devenue celle d'Alex. Si le lit était défait, la pièce semblait relativement en ordre. Il avait pendu son costume dans sa penderie et déposé sa chemise blanche dans la corbeille à linge. Seule sa cravate était restée sur l'un des fauteuils. La jeune femme s'en saisit et, s'asseyant sur le lit, caressa la soie douce.

Qui était vraiment Alex Constantin ?

A part une très belle coquille nacrée, sur son bureau, aucun objet un tant soit peu personnel ne décorait la pièce. Pas une seule photo ! Pas le moindre souvenir de sa vie avant leur mariage ! Si les photos des fermes de culture d'huîtres perlières ornaient depuis peu les murs de la chambre, c'était à l'initiative de Tatiana.

« Possède-t-il un endroit inconnu de moi, décoré par lui, où il rencontre et entretient sa maîtresse ? »

Cette pensée la révulsa.

« Ce mariage n'est qu'une mascarade ! Il ne peut être consommé ! Il ne doit pas l'être ! »

Se levant brusquement du lit, elle alla pendre la cravate dans la penderie.

Son rêve secret avait été que son mari tombe amoureux d'elle.

Un rêve impossible à réaliser, elle devait le reconnaître.

Refermant la penderie d'un coup sec, elle revint dans sa chambre afin de s'habiller pour le déjeuner qu'elle devait prendre avec sa mère.

3.

Quatre jours plus tard, Alex n'étant toujours pas revenu de son tour d'inspection, Tatiana s'efforçait de s'occuper l'esprit, passant le plus clair de son temps dans les associations caritatives, à écouter les malheurs des autres. Cela lui évitait de ruminer les siens. Au moins, elle pouvait tenter de venir en aide à son prochain.

L'invitation tomba le mercredi dans sa boîte aux lettres. Un déjeuner « entre amies », organisé par Amy Goodhall, dans un des cafés branchés de la ville.

« Pourquoi pas ? » pensa Tatiana. Un court instant, elle se demanda pourquoi Amy ne lui avait pas tout simplement téléphoné… Bah ! Son amie d'enfance avait toujours fait preuve d'originalité, et cette sortie tombait vraiment à pic. Elle la divertirait de ses soucis.

Elle s'habilla donc avec plus de soin encore qu'à l'ordinaire, revêtant pour l'occasion une robe blanche sans manches dont elle aimait la coupe sobre. Puis elle orna son cou d'un collier de perles — une bonne publicité pour les productions Constantin.

Cela fait, elle se rendit d'un pas allègre dans le garage pour s'asseoir au volant de sa Golf.

Le café, bien que très à la mode, était situé dans un quartier plutôt calme. Tatiana n'eut aucun mal à trouver une place à l'ombre d'un arbre. Comme elle s'apprêtait à descendre du véhicule, un homme se présenta à sa portière.

— Madame Constantin ?

Tatiana arqua ses sourcils. Avec sa barbe de plusieurs jours et son air patibulaire, l'homme lui était totalement inconnu. Que diable lui voulait-il ?

— Oui…

L'homme sortit un pistolet de sa poche.

— Vous allez faire exactement ce que je vous dis !

Le cœur de la jeune femme bondit dans sa poitrine. De toute évidence, l'homme ne lui voulait pas du bien.

— Que… que voulez-vous ? balbutia-t-elle.

— Vous avez intérêt à m'obéir et à me suivre sans résistance si vous ne voulez pas que je fasse usage de cette arme.

— Mais, je…

— Avancez ! ordonna l'homme en empoignant brutalement son bras pour l'entraîner vers une camionnette délabrée garée non loin.

Comme Tatiana tentait de se libérer, il jura et la menaça des pires représailles si elle ne lui obéissait pas.

Elle ouvrait la bouche pour appeler à l'aide quand le canon du pistolet, s'enfonçant dans ses côtes, lui coupa le souffle.

Alors, tout s'accéléra.

Une Jaguar arriva en trombe et, dans un crissement de pneus, freina pour s'arrêter au milieu de la route, à quelques mètres seulement d'eux. Alex en jaillit sans même prendre le temps de couper le moteur.

Lançant une bordée d'injures à l'adresse du nouveau venu, l'homme au pistolet se fit aussitôt un rempart du corps de sa captive. Mais cette dernière ne demeura pas inactive. Lui envoyant son coude dans les côtes, elle réussit à se libérer de son étreinte.

Elle tomba lourdement sur le bitume, écorchant ses coudes et ses genoux. Sans plus attendre, Alex bondit alors sur l'homme et lui arracha le pistolet des mains avant qu'il puisse tirer. Comme il le rouait de coups, l'homme se défendit âprement ; mais il n'était manifestement pas de taille à lutter contre Alex. Ce dernier semblait jouir soudain de la force indomptable du lion et Tatiana ne put que l'admirer.

Une poignée de secondes plus tard, des voitures arrivèrent dans un concert de sirènes hurlantes. Des policiers en jaillirent, ceinturèrent le ravisseur et lui passèrent des menottes.

Encore tout essoufflé du combat qu'il venait de livrer, Alex se précipita vers Tatiana pour l'aider à se relever.

— Tout va bien ? s'enquit-il, visiblement inquiet.

— Oui, oui… mais… vous saignez, Alex ! Vous êtes blessé !

— Une simple éraflure ! La seule chose qui m'importe est que vous, vous alliez bien, Tatiana ! S'il a osé vous toucher, je…

— Tout va bien, Alex ! Vous êtes arrivé à point nommé ! Mais, comment avez-vous su où j'étais ?

Il la tint un instant serrée contre lui avant de répliquer :

— Rentrons à la maison ! Je vous donnerai toutes les explications nécessaires.

Trois policiers les avaient accompagnés et écoutaient attentivement Alex. Ce dernier leur montra le carton d'invitation d'Amy.

— En rentrant à la maison, j'ai trouvé ce bristol sur la table. Or je venais de croiser Amy Goodhall à l'aéroport. Je revenais de Broome, elle s'y rendait. Elle ne pouvait donc inviter Tatiana à déjeuner aujourd'hui. J'ai regardé l'enveloppe et remarqué qu'elle avait été déposée dans la boîte aux lettres et non pas envoyée par la poste. Il m'est aussitôt clairement apparu que quelqu'un tentait d'attirer mon épouse hors de la maison.

Tatiana porta la main à son cœur. Il s'agissait donc d'un piège et il avait fonctionné !

— C'est alors que vous nous avez appelés, monsieur Constantin, dit un des policiers. Nous nous sommes immédiatement rendus sur les lieux mais vous êtes arrivés avant nous. Madame Constantin, connaissiez-vous cet homme ?

— Non. Je ne l'avais jamais vu.

— N'avez-vous pas trouvé cette invitation étrange ?

Tatiana haussa les épaules.

— Je me suis demandé pourquoi Amy ne m'avait pas appelée mais je ne me suis pas inquiétée. Je la connais depuis l'enfance et elle ne fait jamais rien comme tout le monde. C'est d'ailleurs son charme.

— Ce qui signifie que l'homme que nous venons de mettre sous les verrous la connaissait bien.

Le policier arqua ses sourcils.

— Avez-vous confiance en votre amie, madame Constantin ?

— Une confiance absolue !

— N'aurait-elle pas… euh… des ennuis financiers qui pourraient motiver cette tentative d'enlèvement ?

— Grands dieux, non ! Amy est une excentrique mais elle serait incapable de fomenter un tel forfait !

— Nous devrons le vérifier, repartit le policier. La plupart des enlèvements sont assortis d'une demande de rançon.

Tatiana vacilla sur ses jambes.

— Ma femme doit se reposer, intervint Alex, péremptoire. Elle a eu son quota d'émotions pour la journée.

Les policiers partis, Tatiana demanda, encore sous le choc :

— Pourquoi cet homme s'en est-il pris à moi, Alex ?

Alex vint prendre place à côté d'elle sur le divan. Une ecchymose bleuâtre ombrait sa pommette, le col de sa chemise était déchiré, mais la coupure sur son bras avait heureusement cessé de saigner. Il lui effleura la joue du bout des doigts.

— Ma fortune attire les convoitises, Tatiana. Votre agresseur est un lâche. N'osant s'en prendre à moi directement, il s'en est pris à vous afin de faire pression sur moi.

— C'est une vraie chance que vous soyez rentré aujour-d'hui…

— Et que j'aie croisé Amy !

— Je ne sais ce qui se serait passé si vous n'étiez pas arrivé ! Sans doute n'aurait-il pas osé faire usage de son arme, mais…

Il la prit dans ses bras et la serra contre lui.

— Tatiana… J'ai vraiment eu très peur ! Enfin, le voyou est désormais sous les verrous et vous ne risquez plus rien.

— Peut-être a-t-il des complices…

— C'est peu vraisemblable. Il semble avoir agi seul et son plan n'était pas d'une grande intelligence.

Un frisson parcourut Tatiana.

— N'ayez pas peur ! Je suis là ! Je ne laisserai personne vous faire du mal !

Et, comme s'il s'agissait de la plus naturelle des choses, il s'empara de ses lèvres.

Comme antidote à son état de tension extrême, le baiser fonctionna parfaitement pour Tatiana. Le sentiment de peur disparut comme par enchantement, remplacé par un autre, fort différent… et indubitablement plus agréable.

Tatiana baissa la garde. Comment aurait-il pu en être autre-ment ? Après ce qu'elle venait de subir, c'était si bon de se retrouver en sécurité dans les bras puissants de celui qui s'était battu pour la sauver des griffes d'un kidnappeur ! Elle oublia aussitôt la frayeur éprouvée, ses égratignures et l'état lamentable de sa belle robe blanche. Par contre, d'une façon inédite pour elle, elle prit conscience de sa féminité…

La carapace érigée s'effritait. Elle n'était plus qu'une femme vibrant aux attouchements de celui qui la tenait dans ses bras.

Comme pour s'assurer qu'elle n'était pas blessée, Alex

caressait ses bras nus, ses joues qu'une légère rougeur, elle le sentait, colorait. L'instant était tout simplement magique. Elle aurait voulu qu'il dure toujours…

Tout d'abord léger, le baiser s'approfondit pour devenir voluptueux et Tatiana s'y abandonna corps et âme. Quand, afin qu'ils puissent respirer, Alex abandonna un instant ses lèvres, elle ressentit une terrible frustration.

« Seigneur, pensa-t-elle, est-il possible d'être aussi soumise à son charme ? »

Comment résister ? Avec sa carrure imposante, sa taille mince, son profil d'Apollon, Alex Constantin était la quintessence même de la masculinité, de la virilité conquérante.

Jusqu'alors, leurs relations avaient été conformes aux dispositions prises lors de la nuit de noces.

Mais c'était une chose de se retrouver à son côté dans sa Jaguar, dans son avion, de partager sa table et cette vie de convenance qu'elle avait imposée. C'en était une autre d'être dans ses bras et de subir ses tendres assauts.

Elle ne se reconnaissait plus. Les idées les plus incongrues lui venaient à l'esprit. Elle se félicitait, par exemple, d'avoir revêtu, le matin même, des sous-vêtements de dentelle et de soie particulièrement sexy. Elle se demandait ce qu'elle éprouverait au contact de sa peau nue sur le velours crème du divan, quand il la déshabillerait…

« Sur le divan ou sur le tapis, peu m'importe ! »

Une chose était certaine : elle était enfin prête à consommer leur mariage ! Si Alex ne lui faisait pas l'amour sur-le-champ, elle en mourrait de frustration !

Comme s'il avait perçu son consentement, il glissa sa main sous sa robe et remonta lentement le long de sa cuisse. Tatiana retint sa respiration ; son cœur battait follement…

C'est alors que le téléphone sonna.

Elle crut entendre Alex jurer entre ses dents. Elle-même étouffa une exclamation rageuse. Hélas, le charme était rompu !

Alex ôta sa main pour saisir le téléphone et la jeune femme se redressa, rabaissant instinctivement sa robe jusque sur ses genoux.

Quelques instants plus tard, Alex raccrochait.

— C'était la police… Je suis attendu au commissariat pour y faire ma déposition. L'appartement a été placé sous surveillance. Vous n'avez donc aucune crainte à avoir.

Tatiana s'humecta les lèvres, mais aucun son ne sortit de sa gorge contractée.

— Vous devriez prendre une douche et vous mettre au lit, conseilla-t-il. Désirez-vous que, avant de partir, j'appelle votre mère ou la mienne afin qu'elles viennent vous tenir compagnie ?

— Non, non, merci…

Elle tenta un pâle sourire.

— Inutile de les inquiéter. Vous le savez aussi bien que moi, elles prennent tout ce qui me concerne très à cœur.

Il s'assit et entoura ses épaules de son bras.

— Vous avez l'air de quelqu'un qui vient d'essuyer un tremblement de terre, Tatiana ! Et cela n'est pas seulement dû à l'agression de cet ignoble individu… Pourtant, ce qui vient de se passer, et le fait que nous l'ayons apprécié tous deux… c'est plutôt de bon augure quant à l'avenir de notre mariage, non ?

Elle ouvrit la bouche mais, une fois encore, aucun son ne franchit ses lèvres.

— Pensez-y, Tatiana ! Je vous promets de faire le plus vite possible… Et je vais quand même téléphoner à votre mère et à mes parents. Ils ne doivent pas apprendre ce qui s'est passé par la radio et vous ne devez pas rester seule.

Ils n'eurent guère à attendre. Dès l'information reçue, George, Irina et Natalie se précipitèrent à l'appartement. Alex dut subir, de la part de sa mère, un interrogatoire serré sur l'état de ses blessures. Selon elle, il aurait dû se rendre à l'hôpital pour des points de suture… Son inquiétude fut finalement contrebalancée par l'enthousiasme de tous face au courage du héros du jour. Pour eux, il n'était rien moins que Zorro !

Après le départ d'Alex pour le commissariat, Tatiana fut tout d'abord heureuse de ne pas être seule. Tandis qu'elle se laissait gaver de thé et de gâteaux, elle dût leur raconter, encore et encore, la scène du sauvetage, inconsciente de la lumière allumée dans ses propres yeux au récit de la bravoure de son époux…

Mais bientôt, épuisée, elle éprouva le besoin de se retrouver seule. Un certain temps fut nécessaire pour obtenir le départ de ses anges gardiens — celui de sa mère, en particulier —, mais elle finit par réussir…

Enfin seule, Tatiana prit un long bain chaud et parfumé dans la somptueuse baignoire en forme de coquillage de la salle de bains jouxtant sa chambre.

Elle avait choisi la couleur champagne pour le marbre et la couleur jade pour les serviettes et accessoires. Le lieu était superbe mais, même immergée jusqu'au cou dans l'eau mousseuse, elle ne parvint pas à se détendre.

Etre soumise, dans une même journée, à une tentative d'enlèvement puis aux caresses érotiques de son mari — une première pour elle — c'était trop ! Beaucoup trop !

Comment réfléchir sereinement après de telles émotions ? Elle en était tout simplement incapable.

Cela dit, elle comprenait désormais pourquoi Leonie Falconer ne pouvait se résoudre à perdre un amant tel qu'Alex…

Une demi-heure plus tard, elle se décidait enfin à sortir du bain ; ses pensées n'en continuèrent pas moins à la tourmenter.

Et si, privé des services de sa maîtresse, Alex allait la remplacer ?

Car, contrairement à ce qu'il avait suggéré, ce qui venait de se passer entre eux ne résolvait rien.

Quelle assurance avait-elle qu'une fois sa descendance assurée et les deux cheptels sous sa direction, Alex ne se chercherait pas, de nouveau, une liaison ?

Cette idée la rendait malade de jalousie. Le doute n'était plus permis… Elle était tombée éperdument amoureuse de lui !

Afin de cacher les égratignures de ses genoux, elle revêtit une jupe longue, et passa un haut assorti. Puis, histoire de se changer les idées, elle se mit en devoir de préparer le dîner.

La soirée était douce et le coucher de soleil sur Mandorah, splendide. Tatiana décida de dresser la table sous la véranda avec des assiettes en fine porcelaine blanche, des verres en cristal, des sets et des serviettes bleus et deux photophores, dans lesquels elle planta des bougies de même couleur.

Son sauté de bœuf accompagné de riz au curry était prêt lorsque Alex rentra. Les efforts fournis furent récompensés. Le regard admiratif qu'il lança à sa toilette et à la table joliment dressée exprima, plus que ne l'auraient fait des mots, qu'il appréciait l'accueil.

Se rendant dans la cuisine, il souleva le couvercle de la sauteuse et y préleva un morceau de viande à l'aide d'une fourchette, qu'il porta aussitôt à sa bouche.

— Mmm, mais c'est exquis ! Me permettez-vous de prendre une douche ?

— Bien entendu !

— Je ne serai pas long ! Je meurs de faim !

Puis, alors qu'il passait à côté d'elle, il déposa un baiser sur ses lèvres, avant de s'éloigner en direction de la salle de bains en sifflotant une chanson à la mode.

Les jambes en coton, Tatiana dut prendre appui contre le mur. Son cœur battait à tout rompre et une onde de chaleur la parcourait tout entière. Retournant dans la véranda, elle prit place sur une chaise afin de reprendre ses esprits.

Quelques instants plus tard, Alex apportait le plat pris, au passage, dans la cuisine, et débouchait une bouteille de vin.

Il s'était changé pour un jean et une chemise dont il avait relevé les manches jusqu'au coude.

— Votre agresseur est un de mes anciens employés, raconta-t-il, tout en remplissant leurs deux verres de vin. Un plongeur qui, il y a quelques mois, a été renvoyé pour alcoolisme. Il connaissait Amy. Ils ont eu une brève liaison, suffisamment longue, toutefois, pour qu'il apprenne les liens qui vous unissent. Vous enlever pour se venger de moi devint alors son obsession.

— Amy a-t-elle confirmé ses dires ?

— Amy a reconnu avoir eu une aventure avec lui mais a déclaré ne rien connaître de ce plan odieux.

— Je la crois volontiers, assura Tatiana. Un tel incident peut-il se reproduire, Alex ?

Il souleva le couvercle du plat posé sur la table et en huma le fumet.

— Je vous sers, dit-il en prenant son assiette. Si vous restez à mes côtés, Tatiana, je puis vous assurer qu'il ne vous arrivera rien ; je prendrai toutes les dispositions nécessaires. Mais si vous choisissez de me quitter...

— Oui...

— Il me sera alors plus difficile de vous protéger. Que cela n'influe pas sur votre décision ; vous devez surtout réfléchir à ce qui vous empêche de devenir ma femme à part entière. Je souhaite vivement que nous puissions en parler.

— Euh, je... je ne suis pas certaine...

— Tatiana, nous sommes deux adultes et il est temps que nous abordions certains points. Certes, je vous connais peu — mais suffisamment pour sentir que quelque chose vous tracasse.

Détachant son regard de l'assiette qu'il venait de remplir généreusement, il leva la tête et le reporta sur elle. Elle vit alors ses prunelles sombres s'illuminer.

— A vrai dire, tout à l'heure, juste avant que le téléphone sonne, il m'a semblé… que vous étiez enfin prête à vous abandonner. Est-ce que je me trompe ?

Si le rouge monta aux joues de Tatiana, le sang des Beaufort qui coulait en elle la fit se redresser et sortir ses griffes.

— Depuis combien de temps n'avez-vous pas fait l'amour, Alex ?

Il se laissa aller contre le dossier de sa chaise et sourit.

— Ah ! Il n'est pas de meilleure défense que l'attaque ! Je n'ai pas eu l'honneur de connaître votre père, Tatiana, mais on m'a beaucoup parlé de sa force de caractère. Je me demande s'il s'est rendu compte que vous en aviez hérité…

— Sans doute l'a-t-il fait, admit-elle. Ce pourrait être la raison pour laquelle il m'a léguée les deux cheptels Beaufort et Carnarvon. Alex, tout à l'heure, je reconnais m'être… abandonnée, comme vous dites. Mais ce moment de faiblesse n'a en rien occulté les questions que je me pose quant à notre avenir. Une femme au foyer et une maîtresse à l'extérieur — pour le plaisir — est-ce le style de vie auquel vous aspirez ?

Le regard d'Alex se durcit.

— Vous pensez à Leonie, n'est-ce pas ? Elle s'est imposée à notre soirée d'anniversaire et elle a eu tort. Jamais plus elle n'aura de commande des entreprises Constantin.

— Vous… vous n'êtes pas sérieux ?

— Si ! Désormais, Leonie Falconer ne travaille plus pour nous.

— N'est-ce pas un peu… excessif, et injuste ?

— N'est-elle pas venue à cette soirée dans le seul but de vous importuner ?

— Peut-être ignorait-elle que j'étais au courant de votre liaison.

Cela le rendit silencieux un instant, puis il lança :

— Comment l'avez-vous apprise ?

46

Tatiana avala une dernière bouchée de riz puis repoussa son assiette.

— Une de mes amies travaille dans son atelier.

— Je vois ! Il semble toutefois que votre amie — si bien intentionnée — ait omis de vous faire part d'un détail important.

— Lequel ?

— Leonie n'était plus ma maîtresse au moment de notre mariage.

Tatiana ouvrit de grands yeux, interloquée.

— Mais… mais alors, pourquoi…

— … ne vous en ai-je pas informée, le soir des noces ? Rappelez-vous, vous ne m'avez guère laissé la parole.

— Oh…

— Mais, aujourd'hui, je suis bien résolu à dissiper tout malentendu. J'espère que vous voudrez bien écouter et surtout *entendre* mes explications.

Avant de s'exécuter, il prit la peine de débarrasser la table et de remplir de nouveau leurs verres de vin.

— Il y a deux ans, lorsque Leonie créa son atelier à Darwin, j'ai été impressionné par son talent et sa créativité. Notre intérêt pour les perles de culture nous a rapprochés et nous avons eu une liaison. Nous savions tous deux sur quelle base elle se fondait. Tout comme moi, Leonie ne cherchait pas à se marier. Elle était beaucoup trop préoccupée par sa carrière pour envisager quelque engagement que ce soit, et cela me convenait parfaitement. Peu de temps après, Leonie décida de rentrer en Amérique — son pays natal — ce qui mit naturellement fin à notre aventure.

Il but une gorgée de vin avant de poursuivre.

— Elle ne ferma pas son atelier mais le confia à son assistante. A son retour, vous et moi étions mariés. Sous prétexte de me montrer quelques-unes de ses nouvelles créations, elle reprit contact avec moi et je la chargeai de nouveau de certaines réalisations. Et…

Il fit une pause avant d'ajouter :

— Mieux que personne, vous savez que notre mariage n'a pas été consommé, Tatiana…

— Etes-vous en train de suggérer que je vous ai poussé dans les bras de votre ancienne maîtresse ?

— Pour un homme, un an d'abstinence, c'est très long !

S'adossant contre sa chaise, Tatiana but le reste de son vin d'un seul coup.

Elle avait joué et perdu. Elle avait espéré qu'Alex tombe amoureux d'elle et n'avait réussi qu'à le jeter dans les bras de son ex-maîtresse.

— Pourquoi avez-vous accepté si facilement ma demande d'une année de réflexion, Alex ?

— Elle n'était pas absurde. Ce n'était pas un simple caprice de votre part. Votre mère m'avait en quelque sorte imposé à vous. Je pouvais comprendre.

Tatiana fit une ultime tentative.

— Leonie m'a laissée entendre que vous vous étiez… euh… « entiché » de moi.

— Ce que vous et moi éprouvons l'un pour l'autre ne regarde que nous, Tatiana. Jamais je ne me suis autorisé à parler de vous à qui que ce soit, sauf à votre mère. A ce propos…

Il parut hésiter.

— … Etiez-vous au courant de ses démarches auprès de moi afin de mettre sur pied ce mariage ?

— Je ne suis pas stupide, Alex ! Ma mère s'est bien gardée de me faire part de ses agissements mais je la connais trop pour ne pas les avoir devinés.

— Et vous avez appris l'existence de Leonie.

— Oui. Cette découverte ne m'a pas surprise. Elle n'a fait que confirmer mon intuition que vous ne m'épousiez pas par amour.

Il la gratifia d'un regard amusé.

48

— Votre… *intuition* !

— Devenue, depuis, une certitude !

Au lieu de la détromper, il s'enquit :

— Et, vous, Tatiana ? Quels sentiments éprouvez-vous pour moi ? Lors de son approche, votre mère m'a laissé entendre que vous étiez amoureuse de moi.

Les yeux de Tatiana lancèrent des éclairs. Sa mère ferait bien de s'occuper de ses affaires !

Elle haussa les épaules, faisant ainsi montre d'une indifférence qu'elle était loin d'éprouver.

— Ma mère a parfois tendance à exagérer. Disons que… vous ne me déplaisiez pas !

Il arqua les sourcils.

— C'est tout ? Pourquoi, dans ces conditions, avoir accepté ce mariage, Tatiana ?

Elle affronta son regard sans ciller.

— Je n'avais pas d'autre solution. Mon héritage, mal géré, risquait de perdre très rapidement de sa valeur. Jamais ma mère n'a montré le moindre enthousiasme en matière d'élevage. Je n'avais moi-même ni le savoir-faire ni l'autorité nécessaires pour continuer avec succès l'œuvre de mon père.

Elle laissa échapper un soupir.

— Je suis toutefois viscéralement attachée à ces terres conquises par mes ancêtres. En digne fille des Beaufort, je me dois de perpétuer l'œuvre familiale.

Alex demeura silencieux. Tatiana fixa ses longs doigts, lesquels caressaient distraitement le bord de son verre.

Lorsqu'il releva la tête, elle ne perçut pas, dans ses yeux, le moindre soupçon d'ironie. Bien au contraire. Jamais il ne lui avait paru aussi sérieux et grave.

— Il se pourrait que, finalement, nous soyons faits du même bois, Tatiana !

— C'est-à-dire ?

— Que nous soyons tous deux très matérialistes.

Tatiana déglutit avec peine.

— Est-ce la raison qui vous a fait m'épouser, Alex ? L'accroissement de vos cheptels ?

— Vos domaines peuvent être une importante source de richesse et cela a pesé sur ma décision, je l'admets. L'idée m'était insupportable qu'ils puissent perdre de leur valeur à cause d'une gestion… hasardeuse. D'autant plus que la viande de qualité, très demandée, n'a jamais été aussi rentable.

— Je vois.

Alex contempla longuement les lignes parfaites de la silhouette de son « épouse », les longs cheveux soyeux qui encadraient son visage et les ombres portées par ses cils recourbés sur la nacre de ses joues. Il ne s'en lassait pas.

— J'avais cependant la ferme intention de faire, de notre union, un mariage réussi sur tous les plans. Mais le soir de nos noces, vous m'avez fait une autre proposition.

Sous son regard de braise, Tatiana battit frénétiquement des paupières.

— Un mariage peut-il réussir sans amour ?

— S'il est basé sur le respect et la confiance, pourquoi pas ? Bien des mariages arrangés ont été des complètes réussites.

— Mais…

— Mais vivre comme un frère et une sœur n'est certainement pas la bonne méthode. Longtemps, j'ai renoncé à vous caresser comme j'en avais le désir pour respecter nos accords, mais l'année de réflexion demandée touche à sa fin et la manière dont vous avez tout dernièrement répondu à mes caresses me laisse penser que…

Tatiana porta ses mains à ses joues en feu.

— Alex, arrêtez, je vous en supplie ! Je n'étais pas dans mon état normal ! Je venais de subir un choc !

Il sourit.

50

— Qu'à cela ne tienne ! Faisons un nouveau test.

— Non… non… je…

— De quoi avez-vous donc si peur, Tatiana ?

— Alex, je… j'ai de bonnes raisons pour ne pas vouloir changer les choses. Il se trouve que, dans l'instant, je n'ai pas envie d'en parler. Peut-être, un jour…

— *De bonnes raisons* ! Quelles sont-elles, Tatiana ? J'ai le droit de savoir ! Y aurait-il un homme dans votre vie ? Un homme qui n'aurait pas la capacité de prendre en charge et de gérer Beaufort et Carnarvon ?

« Il y a effectivement un homme dans ma vie, songea-t-elle. Il s'appelle Alex Constantin. Je l'aime. Il ne m'aime pas. Voilà une *excellente* raison pour ne pas consommer ce mariage. »

Mais d'autres mots franchirent ses lèvres.

— N'y avait-il pas une femme dans la vôtre, Alex ?

— Qui est-il, Tatiana ? Si vous pensez qu'une fois les deux domaines remis sur pied, je vous rendrai à cet homme afin qu'il puisse profiter de vos charmes, c'est bien mal me connaître !

Au fond des prunelles sombres, luisait une lumière encore jamais vue auparavant.

— Voilà bien la réaction machiste d'un Grec !

— La supériorité affichée des Beaufort ne m'impressionne pas !

La tension atteignait son paroxysme quand, brusquement, Alex se leva, la prit dans ses bras et s'empara de ses lèvres avec fièvre.

La surprise, paralysante, fut la perte de Tatiana. Le baiser fut violent, sauvage, comme si Alex voulait la punir de son arrogance. Elle aurait dû s'en offusquer. Ce ne fut pas le cas. Ce baiser fougueux attisa, au contraire, le brasier qui couvait en elle. Sans avoir aucune expérience, elle savait d'instinct que, parfois, entre un homme et une femme en conflit, des forces primitives les poussent à faire l'amour. Pour sa part, elle y était prête.

Ce ne fut pourtant pas ce qui se produisit.

Alors qu'elle se tenait, pantelante dans ses bras, prête à s'abandonner, Alex releva la tête et, plus macho que jamais, lança :

— Vous avez joué avec le feu ces douze derniers mois, Tatiana Beaufort. Ne soyez donc pas surprise de vous brûler les doigts !

Sur ces mots, il la quitta pour gagner son bureau, dont il ferma la porte d'un coup sec derrière lui.

Deux jours plus tard, Tatiana se trouvait face à une équipe de tournage.

S'éclaircissant la voix et prenant soin de bien articuler, elle lança, les yeux rivés sur l'objectif de la caméra :

— La culture des huîtres perlières dans les territoires du nord de l'Australie a été une longue et passionnante aventure.

Elle fit une pause pour saisir et laisser couler entre ses doigts une poignée de perles.

— Comme le chant des sirènes attirent les hommes, les perles, elles, attirent les femmes qui adorent s'en parer. On les a appelées des « larmes de lune »… L'entreprise Constantin produit ces perles, les plus belles des mers du Sud, comme vous allez pouvoir le constater grâce aux images qui vont suivre.

Elle lança un regard interrogateur au réalisateur qui ordonna à son opérateur d'arrêter la prise de vue.

— Ce n'est pas mal du tout, madame Constantin ! assura le professionnel de l'image.

« Mais pas parfait ! » pensa Tatiana, lucide.

Depuis la tentative d'enlèvement avortée mais, surtout, leur discussion sur l'avenir de leur mariage, une tension palpable régnait entre elle et Alex.

Leurs différentes activités, cependant, suivaient leur cours.

Depuis quelques semaines déjà, elle avait donné son accord pour participer à la réalisation d'une vidéo vantant les qualités des perles produites par l'entreprise Constantin.

Il n'était pas question de revenir sur cet accord. Avant le tournage du documentaire proprement dit, toute l'équipe de tournage s'était retrouvée dans le hall d'exposition de l'entreprise à Darwin, pour l'enregistrement du commentaire et certaines prises de vue.

Tout était parfait, hormis la présence d'Alex sur les lieux. Appuyé nonchalamment contre le mur, il la dévisageait — la meilleure façon de lui faire perdre ses moyens.

Durant ces deux derniers jours, il l'avait traitée avec une froide indifférence. Quant à ses propres sentiments, ils étaient mitigés. Elle passait alternativement de l'indignation aux regrets. L'indignation pour l'attitude d'Alex à la suite de leur discussion. Les regrets pour l'avoir — sans le vouloir — jeté dans les bras de Leonie.

— Si je pouvais… euh… avoir un verre d'eau, cela m'aiderait.

Alex quitta l'appui du mur pour se rapprocher d'elle.

— Ne soyez donc pas aussi guindée, Tatiana ! La femme qui aime se parer de perles est romantique, chargée de mystère. Vous êtes cette femme. Vous êtes l'écrin parfait pour ces merveilles. Vous leur donnez vie.

Le silence s'était fait dans le hall. Les yeux fixés sur eux, les membres de l'équipe de tournage n'osaient plus respirer. Tatiana s'humecta les lèvres.

— Alex, cela va vous paraître stupide mais… je serais plus à l'aise si vous n'étiez pas là.

— Je le pense aussi ! intervint le réalisateur. Les acteurs sont souvent meilleurs devant ceux qu'ils ne connaissent pas. Cela dit, monsieur Constantin, je ne peux que vous donner raison.

Votre épouse est la femme idéale pour faire la promotion de ces merveilleuses perles.

Alex sourit.

— Très bien, je me retire. Je vous attendrai au restaurant pour le déjeuner, Tatiana.

Sur ces mots, il quitta la pièce, et la jeune femme put enfin respirer librement.

— Nous sommes prêts à tourner, madame Constantin, reprit le réalisateur, mais détendez-vous, prenez votre temps, nous ne sommes pas pressés.

Tatiana se concentra de nouveau sur le sujet traité — toutes ces années de plongée sous-marine à la recherche de ce trésor inestimable que représentent les perles sauvages. Tout avait commencé dans les années 1850, autour de Broome et des Thursday Islands, avec des plongeurs expérimentés venus du Japon. Puis une forte demande avait conduit à la création de fermes d'élevage. Des territoires de l'Ouest jusqu'au Queensland, toute la côte nord de l'Australie — paysage vierge, d'une beauté à couper le souffle — s'était révélée convenir à cet usage.

Le documentaire voulu par Alex porterait sur la technique employée : la plongée pour ensemencer chaque huître sauvage, puis la surveillance exercée tandis que la nacre se formait patiemment autour de la graine.

Elle contempla la coupe, remplie à ras bord de perles, posée devant elle. Chacune d'elles reflétait la lumière d'une manière différente. Blanche, rosée, argentée, dorée... Un trésor de beauté à nul autre pareil. L'émotion la gagna.

Face à l'objectif de la caméra, elle lança :

— Je suis prête.

4.

Alex avait choisi le Darwin Sailing Club pour le déjeuner, un endroit fort agréable disposant d'une terrasse ombragée surplombant Fannie Bay et sa flotte de bateaux. On était un jour de semaine et il n'y avait pas foule.

Cependant, un homme aux bras tatoués et au chapeau de Crocodile Dundee — très occupé à faire sa cour à la jeune femme assise en face de lui — attirait immanquablement les regards.

Comme Tatiana s'apprêtait à prendre place à la table où l'attendait Alex, elle entendit l'homme au chapeau déclarer, le plus sérieusement du monde :

— Faire l'amour libère non seulement les tensions du corps mais aussi celles de l'esprit. Vous devriez essayer.

Tatiana aurait donné cher pour voir la réaction de la femme courtisée à ce type de conseil. Hélas, celle-ci lui tournait le dos.

Elle rencontra le regard d'Alex qui, debout, attendait poliment qu'elle veuille bien s'asseoir.

— Pensiez-vous qu'il s'adressait à vous ? la taquina-t-il.

Tatiana s'assit, le rouge aux joues.

— Avouez que de tels propos ne sont guère courants ! se défendit-elle.

— Les trouvez-vous inconvenants ?

— Plutôt inadaptés au lieu où nous nous trouvons.

Il sourit.

— Détendez-vous, Tatiana. Je vous promets de ne pas parler sexe durant ce déjeuner.

— Merci. J'apprécierai, en effet, que nous n'abordions pas cet épineux sujet.

— Bien ! Comment s'est passée la suite du tournage ?

— Il semble qu'elle ait satisfait le réalisateur. Je suis plus circonspecte. Je n'ai aucun talent de comédienne.

— Vous vous sous-estimez, Tatiana. Si vous n'êtes pas comédienne, votre enthousiasme naturel est communicatif. Vous avez dû, d'ailleurs, le retrouver après mon départ…

— C'est vrai.

— Racontez-moi !

Elle soutint son regard et n'y lut aucune ironie. Il paraissait, au contraire, avide de l'écouter… Avant d'obtempérer, elle but une gorgée du délicieux vin frais qu'un serveur venait de verser dans leurs verres. Elle avait sacrément besoin d'un remontant.

— J'adore la région de Kimberley où se pratique majoritairement la culture des huîtres perlières, expliqua-t-elle. Encore vierge de toute pollution humaine, elle a gardé le charme des origines. L'histoire de la culture des perles m'intéresse au plus haut point, en dehors du fait que vous en êtes le principal exploitant. Il m'a donc été facile de dire ce commentaire, auquel j'adhère profondément.

— Je suis heureux d'apprendre que vous éprouvez de l'intérêt pour une des activités des Constantin. Pouvons-nous commander ?

— Alex, si vous le permettez, j'aimerais pouvoir m'exprimer, avant que nous commencions à manger. Vous me battez froid. Il semble que je sois tombée en disgrâce, depuis l'autre jour. Or, je ne me sens nullement coupable. Nous savons désormais, tous deux, pourquoi nous nous sommes mariés, et je voudrais insister sur un point précis : je n'ai pas l'intention de devenir votre épouse obéissante et soumise.

— Ni de consommer notre mariage ! Pourtant, l'autre jour, justement, vous m'avez parue d'un autre avis. Si je n'avais pas choisi d'arrêter, vous…

— Je ne puis croire que nous ayons cette conversation en ce lieu ! l'interrompit-elle, furetant frénétiquement autour d'elle, s'attendant à ce que tous les regards convergent vers eux.

— Préféreriez-vous que nous l'ayons dans l'intimité de notre foyer ? fit-il, sarcastique.

Les souvenirs assaillirent Tatiana et une onde de chaleur monta de ses reins. Il n'avait pas le droit de jouer ainsi avec ses émotions !

En chemise de lin beige à col ouvert, ses cheveux dans le vent, Alex était la séduction personnifiée. Après une année de mariage, l'attraction qu'elle ressentait pour lui ne faisait qu'empirer. Comment y résister ?

Son amour pour lui devenait chaque jour plus évident. Mais avec sa totale inexpérience — à vingt-deux ans, elle était toujours vierge — saurait-elle lui apporter ce qu'il était en droit d'attendre d'une épouse ? La rigueur des principes de son père et la peur viscérale de sa mère de voir sa fille tomber en de mauvaises mains l'avaient totalement inhibée.

— Je ne sais plus que penser, Alex, avoua-t-elle tout de go.

— Laissez-vous aller, Tatiana.

— Je ne sais si je dois…

Leurs yeux cherchèrent, se trouvèrent, se soudèrent. L'espace d'un instant, Tatiana fut tentée de baisser la garde et de se livrer corps et âme aux mains d'Alex. Mais l'esprit des Beaufort la poussa, une fois encore, à n'en rien faire.

— Alex… toute ma vie, j'ai été sous la coupe de mes proches. « Fais ceci, fais cela… c'est pour ton bien, ma fille ! »

assuraient-ils. Aujourd'hui, je veux décider par moi-même. Pouvez-vous le comprendre ?

Alex détourna son regard pour le reporter sur les eaux de la baie, scintillantes sous le soleil.

— Je comprends… jusqu'à un certain point, finit-il par déclarer. Vous avez besoin de plus de temps, d'accord ! Je ne suis pas pressé. Mais sachez tout de même que, de mon côté, je n'entends nullement mettre un terme à ce mariage. Essayons donc de ne plus nous quereller à ce sujet.

Il la gratifia de ce sourire qui, chaque fois, mettait son cœur en émoi, et ajouta :

— Dès que ce tournage sera terminé, nous nous rendrons sur les terres des Beaufort.

Deux semaines suivirent, très occupées pour Tatiana. Avec Alex et l'équipe de tournage, elle prit l'avion pour filmer l'activité de l'une des fermes Constantin.

La jeune femme apprécia tout particulièrement les beautés du site, qu'elle connaissait mais dont elle ne se lassait pas. Le somptueux bateau des Constantin, ancré dans la baie de Kimberley, procura l'hébergement pour tous.

A sa grande surprise et pour son plus grand bonheur, entre les prises de vue, Alex l'emmena pêcher, sur un dinghy, en remontant la Drysdale River.

Cette dernière était d'une beauté impressionnante. D'immenses palmiers en forme de choux rouges surplombaient les entrelacs de buissons vert sombre ; des rochers aux formes diverses agrémentaient la plage de sable doré. Des cacatoès noirs à queue rouge planaient dans les airs, poussant leurs cris stridents. Des mouettes survolaient la rivière à la recherche de leur nourriture et un couple de milans à tête blanche, immobile, les pieds dans l'eau, semblait faire la sieste, indifférent aux bruits alentour.

58

Mais, incontestablement, les animaux les plus étonnants à observer furent les crocodiles.

Parfois, alors qu'ils pêchaient — le dinghy à l'arrêt — ce qu'elle prenait pour un tronc d'arbre dérivant au fil de l'eau se mettait soudain à bouger, se révélant être un de ces animaux d'un autre âge. De même, comme ils longeaient les rives, elle voyait des morceaux de bois se mettre en mouvement et glisser lentement dans l'eau…

Ils pêchèrent des barramundi, un poisson courant dans les eaux australiennes, et sa toute première prise fut des plus excitantes. Criant de joie en voyant l'éclair argenté frétiller au bout de sa ligne, Tatiana refusa toute aide d'Alex, lutta avec sa prise et parvint, triomphante, à sortir de l'eau un poisson… pas plus grand que sa main !

Un jour, équipés d'un panier pique-nique, ils dirigèrent le dinghy vers une sorte d'amphithéâtre formé par les rochers de la rive. Ils n'auraient pu remonter plus haut la rivière, agitée à cet endroit, par de dangereux rapides. Ils abordèrent dans un endroit ombragé pour y déjeuner en toute tranquillité.

Sur son Bikini, Tatiana avait revêtu un T-shirt et un short blancs. Elle portait une casquette et des lunettes afin de se protéger des ardeurs du soleil. Laissant son regard se perdre sur l'horizon, la jeune femme laissa échapper un soupir de contentement. Le lieu était idyllique. Au delà de la Napier Broome Bay et de la Drysdale River s'étendait la mer de Timor et, plus loin, l'Indonésie. L'équateur était tout proche.

— C'est comme une dernière frontière…, murmura-t-elle, rêveuse. Si sauvage, encore vierge et si belle !

— On ne saurait mieux dire !

Tout ses sens en alerte, elle chercha son regard. Il avait prononcé cette phrase d'un ton très particulier. Les prunelles sombres luisaient d'un éclat inhabituel. Mais, tout en lui versant un verre de thé à l'aide de la bouteille thermos, il choisit de changer de sujet.

— Je tiens à vous féliciter, Tatiana. Vous avez réussi à transmettre votre enthousiasme à toute l'équipe de tournage.

Elle sourit.

— Je suis heureuse de pouvoir enfin apporter mon aide à l'entreprise Constantin. Jusqu'à présent, j'avais l'impression de me faire entretenir.

— Je devrais peut-être vous utiliser plus souvent. Le moral des travailleurs, dans ces lieux reculés, est essentiel. Malgré les progrès de la technologie, le métier de plongeur reste dangereux.

Un frisson parcourut la colonne vertébrale de Tatiana.

— Tout dernièrement, j'ai lu un article sur ces rochers escarpés et coupants comme des lames de couteau qui mettent en danger la vie des plongeurs. Ces derniers appellent la mer de King Sound « le tombeau ».

Alex eut un profond soupir.

— Leur métier exige un réel savoir-faire. Beaucoup d'hommes ont perdu la vie en l'exerçant. Les rochers, les problèmes de décompression mais aussi les cyclones ravageant le site sans crier gare ont fait de nombreuses victimes. Tous ces morts pour des boutons !

— Des boutons ?

— Au tout début de son exploitation, la nacre servait surtout à faire des boutons. La demande était grande. A l'apparition du plastique, la donne changea de manière radicale. Le marché des boutons échappa aux exportateurs de nacre. Par contre, on avait appris à cultiver les huîtres perlières afin qu'elles produisent des perles de grande beauté, très recherchées par les fabricants de bijoux.

— Un marché se ferme, un autre s'ouvre…

Se levant brusquement, Alex ôta son T-shirt et son short et apparut dans son maillot de bain.

— L'heure est venue de nous baigner. Mais cette conversation n'était pas inutile. Elle renforce ma conviction : nous devons rester mariés ! De toute évidence, vous vous intéressez à mon travail. Nous avons des choses à partager et notre mariage a toutes les chances de réussir.

Tatiana battit des paupières derrière ses lunettes de soleil.

— Prenez le cas de votre mère, poursuivit Alex, soudain prolixe. Une rumeur prétend qu'elle ne partageait pas la passion de votre père pour l'élevage du bétail. Je suppose que cela n'a pas été sans heurts.

— Non, en effet, mais…

Elle dut s'arrêter, ne trouvant aucun argument pour le contrer. La rumeur disait vrai. Le mariage de ses parents n'avait pas été heureux.

Mais Tatiana n'était pas Natalie. Elle s'intéressait vraiment à l'élevage du bétail. Elle souhaitait vivement apprendre aux côtés d'Alex afin de l'aider dans ses affaires.

Elle aurait voulu lui dire tout cela mais, mettant brusquement un terme à la conversation, il grimpa sur un promontoire rocheux et plongea. Elle ne put qu'admirer son style et sa puissance tandis qu'il s'éloignait vers le large. Elle fit la moue, frustrée. Qu'avait-elle donc espéré ? Qu'il ait choisi ce coin isolé pour lui faire l'amour ?

Peut-être.

Aurait-elle accepté ?

Sans doute.

Mais ils rejoignirent bientôt l'équipe de tournage sans qu'une telle proposition lui soit faite.

— Tatiana, tu as une mine splendide !

Natalie s'était invitée pour un café, dès le lendemain du retour de sa fille à Darwin.

— Merci.

— Ce bronzage te sied à ravir. Ton séjour là-bas s'est sûrement bien passé ? Et la vidéo est réussie, j'en suis certaine !

Comme à son habitude, sa mère faisait tout à la fois les questions et les réponses. Tatiana remplit leurs deux tasses de café et prit place à la table.

— Mon séjour s'est très bien passé, en effet, maman. Le réalisateur semble satisfait des images tournées mais je n'ai pu voir le résultat final, le montage n'étant pas terminé.

— Mmm… je me demandais… cette lumière qui brille dans tes yeux… n'y aurait-il pas un héritier en gestation ?

Tatiana faillit renverser la tasse de café qu'elle portait à ses lèvres.

— Maman, ne t'y mets pas, toi aussi, je t'en supplie ! La mère d'Alex ne manque pas une occasion d'aborder ce sujet. La décision de faire un enfant appartient tout d'abord aux futurs parents, non ?

— Tu as raison ! reconnut Natalie, contrite. D'ailleurs, je ne me suis pas invitée pour te parler de toi, mais de… euh… de moi !

Natalie s'arrêta, le feu aux joues. Tatiana arqua ses sourcils. Pour la première fois, sa mère, d'ordinaire si loquace, semblait chercher ses mots.

— Que se passe-t-il, maman ? Tu as un problème ?

— Non ! Si ! Enfin, ce n'est pas vraiment un problème ! Plutôt, un bonheur ! Voilà, je… j'ai rencontré quelqu'un qui… que… Je vais me remarier !

Bouche bée, Tatiana n'en croyait pas ses oreilles. Devant son silence, Natalie poursuivit :

— Tu es choquée, n'est-ce pas ? Tu penses que je t'abandonne, que je suis infidèle à la mémoire de ton père. Comme tu le sais, notre mariage n'était pas vraiment une réussite et je…

62

Se levant précipitamment de sa chaise, Tatiana vint près de sa mère pour lui entourer les épaules de son bras.

— Maman ! Je suis si heureuse pour toi ! Je sais ce qu'était ton mariage. Je sais que tu n'étais pas heureuse.

— Oh… Tatiana… merci ! Merci pour ton soutien ! Tu es tellement une Beaufort, parfois, que je… je craignais ta réaction ! Je me sens tellement ridicule d'être tombée amoureuse, à mon âge !

— Raconte-moi !

Natalie s'exécuta. Elle raconta sa rencontre délicieusement romantique avec Doug, un artiste-peintre, dans le parc naturel de Kakadu. Doug était venu y chercher l'inspiration et Natalie s'y ressourcer. Très amoureux l'un de l'autre, ils venaient de décider de passer le reste de leur vie ensemble… Les yeux de Natalie brillaient d'une telle lumière que Tatiana en fut bouleversée. Elle découvrait soudain un aspect de la personnalité de sa mère qu'elle ne connaissait pas.

— Je suis vraiment heureuse pour toi, maman, répéta Tatiana, très émue.

— Mon bonheur serait total si… si j'étais certaine que ton propre mariage t'apporte le bonheur. Il m'arrive d'en douter et…

Se sentant, pour la première fois, très proche de sa mère, Tatiana éprouva le désir de se confier à elle. Ce qu'elle fit sans plus attendre. Lorsqu'elle s'arrêta de parler, Natalie avait les larmes aux yeux.

— Tatiana, ma chérie, je me sens si coupable ! J'ai beaucoup œuvré pour que ce mariage avec Alex puisse se faire. Il me semblait, pour toi, le mari idéal. Si je me suis trompée, je…

— Ne sois pas stupide, Maman ! Tu n'es coupable de rien. J'ai accepté ce mariage en toute connaissance de cause. Je suis une Beaufort, ne l'oublie pas ! Je sais me battre. Vis pleinement ta vie avec Doug ! Sois heureuse. Ton bien-être m'importe plus que tout.

— Tu es sûre que cela va aller ?

— Tout à fait ! Il me tarde de faire la connaissance de celui qui te fait ainsi rayonner.

Natalie se laissa aller contre le dossier de sa chaise, comme soulagée d'un grand poids.

— Je vous invite à dîner, demain soir, toi et Alex.

Elle se redressa brusquement.

— Pour Alex, je pourrais peut-être…

— Maman, je t'en supplie, cesse d'intervenir dans ma vie ! Je suis désormais assez grande pour régler, seule, mes affaires.

Natalie sourit.

— Finalement, sous tes dehors fragiles, tu as toujours été très forte, Tatiana. Je me demande si Alex réalise bien à qui il a affaire ?

Les deux femmes rirent de concert.

Sa mère partie, Tatiana se sentit beaucoup moins sûre d'elle qu'elle ne l'avait laissé paraître. Certes, elle était une Beaufort, mais Alex avait beaucoup d'atouts entre ses mains. La bataille n'était pas gagnée.

Lorsque Alex rentra, ce soir-là, Tatiana l'informa des derniers événements.

— Eh bien, quelle nouvelle ! s'exclama-t-il.

— Vous pensez que ma mère est ridicule ? se rebiffa aussitôt Tatiana, prête à défendre sa génitrice bec et ongles. Jamais je ne l'ai vue aussi heureuse !

Alex quitta sa veste et sa cravate, qu'il déposa sur le dossier d'une chaise. Il sortait d'une série de réunions particulièrement stressantes.

64

— Je me garderai bien de juger les amours de votre mère. Je suis simplement surpris. J'avais cru que vous étiez sa seule préoccupation.

— Vous ne l'aimez guère, n'est-ce pas ?

— Lorsqu'une mère négocie froidement l'avenir de sa fille sur des bases essentiellement matérielles, elle ne peut s'attendre à une admiration inconditionnelle.

— Elle... elle pensait agir pour mon bien !

— Elle a défendu vos intérêts comme une tigresse !

— J'ignorais tout de sa démarche, se défendit-elle.

— Je sais. Je ne vous aurais certainement pas épousée si vous aviez été sa complice.

Il s'approcha du bar pour se servir un whisky.

— Vous en voulez un ?

— Non, merci.

Comme, les jambes flageolantes, elle prenait place sur le canapé, il poursuivit :

— D'une certaine façon, je peux comprendre l'attitude de votre mère. Elle cherchait à assurer le confort matériel de sa fille. Qui pourrait l'en blâmer ? Par contre, votre propre attitude est beaucoup plus sujette à caution, Tatiana.

— Que voulez-vous dire ?

— Ne me dites pas que vous l'avez oublié ! Une fois votre aisance garantie, vous refusez purement et simplement de consommer ce mariage. Vous avez demandé un an de réflexion, qui vous a été accordé. Mais, aujourd'hui ?

— Vous omettez un détail important. Je ne suis pas arrivée dans votre vie les mains vides ! Je reste persuadée que c'est l'accroissement de vos domaines qui vous a finalement décidé à m'épouser.

Déposant son verre sur la table basse, il lui lança un regard où se lisait la colère.

— En voilà assez, Tatiana ! Ma patience a des limites !

Je suis fatigué de ces interminables discussions sur ce sujet. Mon désir le plus cher, lorsque je rentre le soir, serait de dîner calmement en compagnie de ma femme, de l'emmener éventuellement faire une promenade dans le parc puis de rentrer et de lui faire l'amour. Est-ce un rêve impossible à réaliser ?

Tatiana en resta sans voix.

— Et laissez-moi ajouter ceci : vous seriez beaucoup moins agressive et nerveuse si vous me laissiez faire cela.

Piquée au vif, la jeune femme se leva.

— Vous vous trompez ! Plutôt mourir que de…

— O.K. ! Puisque vous voulez jouer à ce stupide jeu d'adolescente, je suis votre homme !

Avant qu'elle ait pu esquisser le moindre geste de défense, il la prit dans ses bras et chercha ses lèvres.

Tenter de se débattre eut été inutile et dégradant. *Stupide jeu d'adolescente*. Elle ne pouvait laisser passer cet affront sans réagir ! Elle allait lui prouver — à lui et à toutes les *Leonie* de la terre — qu'elle était d'une autre trempe.

— Comme vous me connaissez mal, Alex ! ironisa-t-elle. Laissez-moi vous montrer combien vous vous trompez sur mon compte.

Entourant son cou de ses bras, elle l'attira vers elle, offrant sa bouche à ses baisers tout en se frottant langoureusement contre lui. Puis, au moment où il allait s'emparer des lèvres offertes, elle les lui refusa — et couvrit son visage et son cou de baisers. C'est elle qui, désormais, menait le jeu, glissant sa main dans l'échancrure de sa chemise afin de caresser sa peau nue.

— Tatiana…

— Oui. Que se passe-t-il, Alex ? Vous n'aimez pas ?

— Vous jouez avec le feu !

— C'est mon jeu favori.

66

Incapable de se maîtriser plus longtemps, il la plaqua contre lui et s'empara de ses lèvres avec fougue. Elle le laissa faire, trop heureuse de cette ardeur qu'elle avait su déclencher.

En quelques secondes, elle se retrouva sur le canapé, vêtue seulement de son slip de fine dentelle, les bouts de ses seins se dressant fièrement, gorgés de désir.

Il était désormais trop tard pour regretter d'avoir allumé un feu qu'elle ne pouvait plus contrôler.

Tout en passant sa main sous le slip arachnéen, Alex chercha son regard.

— Ainsi, ma femme n'est peut-être pas la vierge qui m'a été promise... Qui êtes-vous réellement, Tatiana ?

Cette dernière — qui s'apprêtait à s'abandonner lascivement à ses caresses — se redressa, horrifiée.

— *La vierge qui vous a été promise !* répéta-t-elle. De quoi parlez-vous ? A ma connaissance, le contrat de mariage ne mentionnait nullement...

— ... ce détail ? Non, en effet. Pas explicitement. Mais il était sous-entendu, comme il se doit dans ce type de mariage.

— Que voulez-vous dire au juste ?

— Que j'épousais une jeune vierge, malléable à souhait, afin qu'elle devienne une épouse à mon entière convenance.

— Je vous hais !

Elle devait impérativement se rhabiller ! Comment, en effet, garder sa dignité lorsque, pour tout vêtement, on ne porte qu'un triangle de soie et de dentelle ?

Sous le regard moqueur d'Alex, elle rassembla, un à un, ses vêtements épars sur le tapis.

— Vous avez une bien curieuse façon de me haïr, Tatiana, persifla-t-il.

— Une jeune vierge, malléable à souhait ! Une épouse à votre entière convenance ! Comment osez-vous tenir ces propos d'un autre âge ?

— L'êtes-vous encore, Tatiana ?

— Suis-je encore quoi ?

— Vierge ?

La rage la fit grincer des dents.

— Je crains que vous n'ayez plus jamais l'occasion de le vérifier.

— Ecoutez, je vous propose d'oublier ces mots malheureux — uniquement destinés à vous provoquer — et d'aborder des sujets plus sérieux. Désirez-vous toujours que je me porte au secours de votre héritage ?

— Pardon ?

— Durant cette année de « réflexion », j'ai pu mesurer l'état dans lequel se trouvent vos terres. Beaufort a un besoin urgent de fonds pour entretenir les bâtiments et les moderniser, afin d'être aux normes actuellement exigées. Vous pourriez, bien entendu, trouver ces fonds sans avoir besoin de mon aide.

— Comment ?

— En vendant Carnarvon.

— Vendre Carnarvon !

— Oui. Ce domaine réclame, lui aussi, une importante mise de fonds que vous ne possédez pas. La saison pluvieuse a considérablement endommagé les routes. Il faut les refaire et cela va nécessiter un énorme investissement.

— Mais, je... je croyais que la viande de bœuf atteignait des prix record !

— Elle les atteint, en effet, mais vos bêtes sont dispersées sur deux domaines aux équipements obsolètes. Le prix d'acheminement de la viande ne vous permettra pas d'en tirer le bénéfice escompté.

Tatiana laissa échapper un soupir de découragement.

— Hélas, je m'attendais à ce diagnostic. Depuis la mort de

68

mon père, aucun des investissements nécessaires pour rester en compétition n'a été fait.

— Ne soyez pas aussi défaitiste. Durant la dernière saison sèche, je ne suis pas resté inactif. Mes hommes ont fait le maximum de réparations… Certes, depuis, les pluies ont accompli leur œuvre destructrice… Les dégâts ont été particulièrement importants sur les terres de Carnarvon, qui ont même subi des glissements de terrain. Certaines parties du domaine sont devenues très difficiles d'accès.

Tatiana se mura dans un silence soucieux.

— Remettre tout en état demande des moyens considérables, continua Alex, impitoyable. Nous devrons faire appel à des hélicoptères.

— Où en sommes-nous exactement, Alex ? demanda-t-elle. Suis-je déjà votre débitrice ?

— Le plus urgent serait de construire une route pour permettre un accès plus rapide à Carnarvon.

— Je pourrais emprunter auprès des banques.

Jetant un regard autour d'elle, elle poursuivit :

— Et vous rendre cet appartement que vous avez mis à mon nom. Je n'ai vraiment rien fait pour le mériter.

— Ce serait une solution, en effet. Il en existe une meilleure : monter un partenariat avec moi.

— Un partenariat ! Avec une épouse qui ne donne aucune garantie sur sa virginité ! Vous m'étonnez !

— Je n'ai que faire de vos sarcasmes ! Il n'est absolument pas question que vous ayez un autre homme que moi dans votre vie !

— Et, en échange, vous n'aurez plus de Leonie Falconer dans la vôtre !

Il se leva.

— Vous connaissez désormais mes exigences, Tatiana. Elles

sont à prendre ou à laisser. Cela dit, je crains qu'il ne soit déjà trop tard pour espérer sauver Carnarvon.

Il s'empara alors de sa veste et l'endossa.

— Où allez-vous ?

— Dehors ! J'ai besoin de prendre l'air.

5.

Le lendemain matin, Tatiana découvrit qu'Alex n'était pas rentré de la nuit.

Où était-il allé ?

Dans cette maison de Brinkin nouvellement acquise, tout près de Casuarina Beach — une splendide demeure entourée d'un parc, faite pour y élever des enfants ?

Dans les bras de Leonie Falconer ? Cette pensée lui donna la nausée.

La jeune femme s'enfonçait dans une dépression sérieuse lorsqu'elle reçut un appel de son beau-père.

George lui demandait s'il pouvait lui rendre visite.

Elle accepta sur-le-champ. La demande était trop inhabituelle pour qu'elle ne s'inquiète pas de ce qu'elle cachait.

Une nouvelle pression exercée sur elle pour qu'elle donne enfin un héritier aux Constantin ?

Sans doute.

Elle s'habilla avec soin, s'éternisant dans sa salle de bains. L'exclamation admirative de George, à son arrivée, la récompensa de ses efforts.

— Vous êtes absolument superbe, Tatiana !

Humant l'odeur en provenance de la cuisine, il ajouta :

— Mmm… non seulement vous êtes superbe mais vous semblez avoir fait un excellent café !

Tatiana sourit. George Constantin possédait, comme son fils, un charisme indéniable. Avec ses manières raffinées, son sens de l'humour avéré, il avait le don de mettre à l'aise ses interlocuteurs. Mais, dans l'instant, il avait l'air embarrassé.

C'est tout au moins l'impression qu'eut Tatiana en lui versant son café.

— Irina n'est pas avec vous, aujourd'hui, George ?

— Non, hélas ! Sa hanche la fait atrocement souffrir. Les médecins proposent de l'opérer, mais l'idée d'aller à l'hôpital la terrorise.

— Oh, je suis navrée ! Puis-je faire quelque chose pour l'aider ?

— Je ne pense pas. Mais c'est vraiment très aimable à vous, Tatiana. A propos, j'ai... euh... j'ai rencontré Alex, la nuit dernière.

La jeune femme se figea.

— Oui...

George semblait de plus en plus mal à l'aise.

— En fait, c'est la raison de ma visite.

— Où l'avez-vous rencontré ?

— Au pub. La télévision retransmettait un match, hier soir. Les Wallabies contre les All Blacks.

Une lueur malicieuse s'alluma dans le regard de George.

— Mes amis et moi avons pour habitude de nous retrouver dans ce bar, à chaque retransmission de match. Nos femmes préfèrent ça...

Tatiana sourit.

— Et Alex était là, poursuivit George, totalement perdu dans ses pensées, ne prêtant pas la moindre attention au match et...

— ... de mauvaise humeur !

— Il a fini par se joindre à nous mais, à l'évidence, quelque chose le tourmentait. Je sais. Je me mêle de ce qui ne me regarde pas. Ordonnez-moi de rentrer chez moi et je vous obéirai, Tatiana.

72

Pas avant d'avoir bu jusqu'à la dernière goutte de ce délicieux breuvage, cependant !

Tatiana remua longuement la cuillère dans sa tasse, bien qu'elle ne contînt aucun sucre.

— Vous n'êtes pas venu jusqu'ici seulement pour me parler de cette rencontre inattendue avec votre fils, n'est-ce pas, George ?

— Non, en effet. Je suis venu parce que… euh… je me demande si vous connaissez bien Alex.

Tatiana écarquilla les yeux.

— Quelque chose me dit que votre mariage n'est pas le conte de fées qu'il paraît être. Je me trompe ?

Tatiana sut d'instinct qu'elle ne pouvait tricher.

— Non ! Comment avez-vous deviné ?

— Disons que l'on n'apprend pas à un vieux singe à faire des grimaces. Vous êtes un couple merveilleusement assorti mais vous manquez totalement de cette complicité qui lie deux êtres lorsqu'ils s'entendent… euh… sur le plan physique.

— Qu'espériez-vous ? rétorqua Tatiana, subitement agressive. Votre fils n'est pas amoureux de moi, George. Il ne l'a jamais été. Ce mariage est de convenance. Ne me dites pas que vous n'étiez pas au courant !

— Je l'étais en effet, tout comme votre mère.

— Ma mère pensait que j'étais amoureuse d'Alex.

— L'étiez-vous ?

Comme elle détournait le regard sans mot dire, George poursuivit :

— Irina et moi avons fait un mariage de convenance. Pourtant, même s'il m'arrive de retrouver mes amis au pub pour suivre un match, nous sommes un couple heureux.

— Je sais. Mais combien d'années se sont écoulées avant d'en arriver là ?

Il fronça les sourcils.

— C'est une bonne question. Vous semblez penser qu'une année n'est pas suffisante pour établir cette complicité. Le tout est de savoir si vous avez essayé.

Le rouge monta au front de Tatiana.

— Alex vous aurait-il fait des confidences ?

George secoua vigoureusement la tête.

— Alex s'est toujours comporté comme le meilleur des fils mais il est très secret. Jamais il ne s'est laissé aller à la moindre confidence sur sa vie intime. Ce n'est qu'un pur hasard si, par le passé, j'ai eu connaissance d'un fait… que même sa mère ignore. Un fait qui peut avoir des conséquences sur sa vie actuelle.

— Lequel, George ?

— Sa liaison avec Flora Simpson. Alex est tombé follement amoureux de cette femme. Un amour partagé. Pendant un temps, tout au moins. Puis, un jour, Flora — une femme apparemment très versatile — est retournée vivre auprès de son mari. Les huîtres se fabriquent une carapace de nacre lorsqu'elles subissent une blessure. C'est ce qu'a fait Alex.

Les larmes vinrent spontanément aux yeux de Tatiana, qui porta les mains à son cœur.

— Il… il ne l'oubliera jamais !

George l'enveloppa d'un regard plein de compassion.

— Vous l'aimez, n'est-ce pas ?

Elle ne répondit pas.

— Si c'est le cas, battez-vous, Tatiana ! Cela en vaut la peine. Vous êtes ce qui pouvait arriver de mieux à notre fils, j'en suis persuadé. Alex est loin d'être idiot. Il finira par ouvrir les yeux et… son cœur.

Encore sous le choc de la révélation de George, Tatiana prit, dans l'après-midi même, un avion de ligne pour Kununurra, dans les territoires de l'Ouest ; là, elle loua les services d'un pilote d'avion pour se faire déposer sur ses terres de Beaufort.

Par téléphone, elle avait repoussé le dîner prévu avec sa mère et son futur époux et laissé un mot pour Alex l'informant de son besoin de quelques jours de réflexion en solitaire.

Prévenue de son arrivée, Marie — la femme du contremaître — l'attendait sur le tarmac pour la ramener jusqu'à la demeure familiale des Beaufort. Durant tout le trajet, elle ne cessa de s'excuser de ne pas avoir eu le temps de faire le ménage comme elle l'aurait voulu.

— Ne vous inquiétez pas, Marie, je ne suis pas venue pour vérifier la poussière sous les lits mais pour revoir mes terres. J'aimerais faire le tour du domaine à cheval, demain matin. Pouvez-vous demander à Jim s'il peut m'accompagner ?

— Il se fera une joie de le faire, j'en suis certaine !

Mary aurait voulu lui faire à manger, mais Tatiana insista pour rester seule. Cette maison était celle de son enfance et elle voulait se replonger sans témoin dans ses souvenirs.

Elle alluma un feu de bûches dans la cheminée et se prépara des œufs brouillés qu'elle dégusta, assise devant les flammes.

Elle se sentait bien dans cette maison, sous le regard de ses ancêtres dont les portraits ornaient les murs du salon. Pionniers de la toute première heure, ils étaient les gardiens des valeurs de courage et de ténacité de la famille — que son père ne s'était pas fait faute de lui transmettre.

Tatiana eut une pensée émue pour sa mère qui avait tenté d'imprégner les lieux de ses goûts en matière de décoration, sans grand succès. Dans son austérité, cette vieille demeure ressemblait aux Beaufort et devait rester ainsi.

Natalie avait tout de même réussi à introduire quelques éléments de confort fondamentaux. La maison était désormais pourvue de salles de bains, d'une cuisine à l'équipement moderne et de literies confortables.

Tatiana regardait, fascinée, les flammes dessiner, sur les murs, des ombres gigantesques qui n'auraient pas manqué d'épouvanter Natalie.

La vie rude sur les terres de Beaufort avait dû paraître bien difficile à sa mère, plus attirée par les arts et la culture que par l'élevage du bétail. L'amélioration indéniable qu'elle avait apportée au confort de la maison ne parvenait toutefois pas à faire oublier qu'elle se trouvait au milieu de nulle part, isolée de tout.

Natalie avait fait installer la climatisation, mais il suffisait de franchir la porte pour — à la saison chaude et sèche — sentir la brûlure du soleil sur la peau, être environné de mouches et — à la saison des pluies — recevoir des trombes d'eau sur la tête.

Contrairement à sa mère, Tatiana adorait ce lieu. Elle y était né et y avait grandi. Elle se sentait appartenir à cette terre rude et sauvage. Il n'était nul besoin d'aller très loin pour se retrouver au milieu d'une nature encore vierge, avec ses gorges profondes creusées par les rivières et ses billabongs — ces marais spécifiques aux terres australiennes, issus de bras de rivière morts, lieux de prédilection de myriades d'oiseaux de toutes les couleurs.

Elle pouvait galoper des heures durant dans des prairies sans limites d'herbe grasse, s'asseoir sur un rocher, sous un ciel bleu sans nuages, et sentir l'odeur de la terre, cette odeur spéciale qui rentre dans les pores de votre peau et vous la fait aimer pour toujours.

Tout au moins, c'est ce que ressentait Tatiana.

Elle pouvait sans peine reconnaître tous les animaux vivant sur le domaine : le jacana, cet oiseau aux pattes, ongles et doigts très allongés lui permettant de se déplacer sur la végétation immergée des terrains marécageux sans s'y enfoncer, les lézards paressant au soleil, les serpents, les kangourous, les wallabies, les wombats — sorte d'adorables petits oursons à courtes pattes.

Hélas, sa mère ne lui avait jamais permis d'accompagner à cheval les troupeaux jusqu'à leurs pâturages — une activité, selon elle, peu digne d'une jeune fille.

Il lui restait également à apprendre les principes qui, aujourd'hui, président à l'élevage moderne, afin de rester compétitif. Et seul Alex pourrait lui servir de guide en la matière...

C'est pourquoi elle avait accepté de l'épouser.

Pas une seconde, elle n'avait douté que sa mère ne soit à l'origine de la demande en mariage que lui avait adressée le tout-puissant Alex Constantin, après cette très courte période où il lui avait fait sa cour.

« Alex Constantin est l'homme idéal pour toi, ne cessait de répéter Natalie. Il a fait fortune dans l'élevage de bovins, et réussi dans bien d'autres domaines. Il saura mettre en valeur ces terres héritées de ton père. Et il est très séduisant, ce qui est un atout supplémentaire. »

« Si séduisant, pensa Tatiana, fataliste, que je suis tombée éperdument amoureuse de lui ! »

Quelques jours avant le mariage, elle avait appris l'existence de sa maîtresse. Impulsivement, le soir des noces, elle avait proposé que le mariage ne soit pas consommé. Alex avait accepté. Si facilement qu'elle en avait été blessée.

Qu'avait-elle donc espéré en faisant cette proposition incongrue ? Que le temps passant, Alex finirait par s'éprendre d'elle ? Quelle incroyable naïveté ! Alex était amoureux d'une autre femme. Non pas de Leonie Falconer comme elle l'avait cru tout d'abord mais de Flora Simpson, une femme qui, finalement, avait préféré retourner vivre auprès de son mari, ouvrant ainsi, dans le cœur d'Alex, une blessure qui ne se refermerait jamais.

Désormais, elle savait son fol espoir vain. Amoureux d'une autre, jamais Alex ne le serait d'elle.

« Battez-vous ! » avait dit George.

En aurait-elle la force ?

Soudain, les larmes lui montèrent aux yeux. Elles roulèrent lentement sur ses joues… Vraiment, la vie était trop injuste ! Alex aimait une femme qui ne l'aimait pas et, elle, Tatiana Beaufort, se mourait d'amour pour lui.

Elle se mit au lit, faisant des vœux pour que cette situation difficilement supportable trouve rapidement un dénouement heureux.

Tatiana Constantin, née Beaufort, se réveilla le lendemain avec les idées plus claires et une nouvelle détermination à sortir de cette crise.

La jeune ingénue, qui avait cru pouvoir amener un homme comme Alex Constantin à tomber amoureux d'elle, avait perdu ses illusions et acquis une certitude. Si elle voulait sauver ce qui pouvait encore l'être de Beaufort et de Carnarvon, elle allait devoir prendre les choses en main et ne compter que sur elle-même.

Sur le dos de sa jument préférée, elle fit bientôt le tour des principales installations du domaine, en compagnie du contremaître.

Alors qu'ils achevaient leur inspection, Tatiana ôta son chapeau et essuya les gouttes de sueur perlant à son front.

— J'ai pu constater que des améliorations sérieuses ont été apportées aux équipements, dit-elle. La nouvelle rampe de chargement, par exemple, doit grandement faciliter le travail. Beaufort semble être viable, mais qu'en est-il de Carnarvon ?

Le ciel était d'un bleu sans nuages, il faisait plus de trente degrés et la poussière d'un troupeau, conduit à sa nouvelle pâture, était encore en suspension dans l'air.

— Les choses ne vont pas si bien, là-bas, Tatiana !

Jim la connaissait depuis sa petite enfance. Peu bavard, il porta son regard vers l'horizon. Tout en ayant une frontière commune, les deux domaines n'avaient pas la même topographie. Plus accidentées, les terres de Carnarvon pâtissaient, plus encore que celles de Beaufort, des ravages de la saison pluvieuse.

— Les dernières pluies ont creusé de telles ornières qu'emprunter la route devient périlleux. Des buissons envahissent les pâtures. Il serait urgent de débroussailler mais comment s'y prendre si on ne peut y accéder ?

— Je sais tout cela, Jim. Déjà, du temps de papa, nous avions les pires difficultés à entretenir Carnarvon. Depuis son départ, les choses n'ont fait qu'empirer.

Elle fit une pause avant de demander, non sans anxiété :

— Dites-moi la vérité, Jim. Carnarvon est-il encore viable ?

Jim fit la grimace.

— Dans l'état actuel, non ! Mais avec des travaux... je veux dire, si Alex... Jamais votre père ne se serait séparé de Carnarvon, Tatiana !

— Je sais.

— La dernière fois qu'Alex est venu ici, nous avons survolé les terres en hélicoptère. Pour lui, une solution s'impose : construire une route joignant les deux domaines. Aujourd'hui, les matériaux nécessaires pour ce type de travaux sont plus performants et résistent aux intempéries. Avec une telle route, les deux cheptels seraient réunis et l'affaire deviendrait plus que rentable. Mais cela réclame un énorme investissement !

Tatiana resta sans voix. Ainsi, Alex était venu ici sans lui en parler ! Pourquoi ? Pour élaborer des solutions dont il l'aurait entretenu si elle avait été l'épouse docile qu'il espérait ?

Soudain, Jim leva les yeux vers le ciel, la main en visière. Un avion s'approchait.

— Quand on parle du loup..., dit-il, tout sourire.

Un engin aux couleurs des entreprises Constantin passa au-dessus d'eux, amorçant la descente.

— C'est Alex ? fit Tatiana.

— J'en suis certain. Son avion est reconnaissable entre mille.

— J'espère vraiment que vous ne recommencerez jamais cela, Tatiana ! lança Alex dès qu'ils se retrouvèrent seuls.

En compagnie de Jim, la jeune femme avait couru jusqu'à la piste d'atterrissage ; elle était arrivée en même temps que Marie, venue également accueillir le jeune entrepreneur. Fort heureusement, ce dernier avait eu la décence d'attendre qu'ils soient seuls pour l'apostropher vertement.

— J'ai failli mourir d'inquiétude en trouvant la maison vide, à mon retour !

— Mais je vous ai laissé un mot !

— Un courant d'air l'a fait tomber sous la table de l'entrée. Je ne l'ai trouvé que longtemps après mon arrivée.

— Je suis désolée ! Mon intention n'était pas de vous inquiéter.

— Après ce qui vous est arrivée l'autre jour, vous ne pouvez partir ainsi sans me dire où vous vous rendez ! Cela ne doit plus jamais se reproduire !

Alors, sans qu'elle pût rien faire pour les retenir, les mots jaillirent de sa bouche tel un torrent.

— La prochaine fois que quelqu'un cherche à me kidnapper, laissez-le donc faire, Alex ! Ce sera une bonne façon pour vous de vous débarrasser de moi ! Jamais je ne pourrai remplacer la femme que vous aimez.

— Par tous les diables, de quoi parlez-vous ?

Des larmes coulèrent sur le voile de poussière qui recouvrait ses joues. Elle les essuya d'un revers rageur de la main.

— Cette femme… Flora Simpson… elle… Aïe, vous me faites mal !

Alex venait de lui saisir le bras, l'obligeant à lui faire face et à affronter son regard.

— Qui vous a parlé de Flora ?

Dans ses yeux se lisait une telle colère que Tatiana se recroquevilla sur elle-même. Dieu merci, très vite, Alex reprit le contrôle de lui-même.

— C'est mon père, n'est-ce pas ? Il ferait bien de se mêler de ses affaires !

— Et moi, des miennes !

Alex contempla son épouse et ne put s'empêcher de l'admirer. Fièrement campée sur son cheval — plus Beaufort que jamais — elle semblait défier la terre entière et lui en particulier.

Où était donc passée l'épouse docile et malléable dont son père lui avait vanté les mérites ? Tatiana ne se laissait rien imposer. Curieusement, cela ne lui déplaisait pas. Oui, loin de le rebuter, cette attitude ne faisait que décupler son intérêt pour elle…

Il lui fallait reconnaître que sa femme avait bien des atouts, outre son héritage. Quelques jours auparavant, tenir son jeune corps, souple et vibrant, entre ses bras, ne l'avait certes pas laissé indifférent.

« Ne devrais-je pas adopter une autre méthode pour l'apprivoiser ? se demanda-t-il. Il m'est arrivé, souvent, de réussir à dompter des chevaux récalcitrants. Il suffit de savoir les prendre. Je crois savoir ce qui pourrait la motiver… »

— A quoi pensez-vous ? s'enquit Tatiana, intriguée par son silence.

— Je… Puisque vous semblez vouloir me quitter pour voler de vos propres ailes, vous allez avoir besoin d'apprendre à gérer vos terres. Je suis prêt à me libérer de mes autres obligations pour vous donner quelques leçons.

La proposition était osée, mais il fut immédiatement récompensé. Les immenses yeux bleu azur de Tatiana s'arrondirent de stupeur. Il avait au moins réussi une chose : capter son attention.

— Et qu'allez-vous me demander en échange ? fit-elle, néanmoins soupçonneuse.

— Rien. Mes compétences vous sont offertes à titre gracieux.

— Oh, merci ! dit-elle, le visage soudain radieux. Quand commençons-nous ? Demain ?

Une pensée traversa l'esprit d'Alex. Que ressentirait-il si son visage s'illuminait ainsi pour lui et non pour ses satanées terres ?

Il la repoussa aussitôt. Elle était trop déstabilisante.

— Je vous propose d'exécuter un survol en avion des deux domaines dès cet après-midi. Nous aurons ainsi une bonne idée de ce qui vous attend.

Ce soir-là, au dîner, ce fut une Tatiana triste et désabusée qui prit place à table, en face de lui.

Ils avaient fait griller une côte de bœuf, préparé une salade et repoussé les dossiers examinés sur le côté afin de pouvoir mettre le couvert.

La jeune femme avait pu constater par elle-même l'état lamentable des chemins et des routes de Carnarvon et l'envahissement progressif des ères de pâturage par les buissons et les épineux. Puis, à leur retour, ils avaient consulté les livres de comptes fournis par Jim.

Epuisée nerveusement et physiquement, Tatiana se sentait au bord de la dépression.

— Laissez-moi faire ! se récria Alex comme elle se levait pour débarrasser la table. Installez-vous dans le canapé et essayez de vous détendre pendant que je prépare le café.

82

A son retour, quelques instants plus tard, avec la cafetière et les tasses, il la trouva dormant à poings fermés dans le fauteuil à bascule.

Alex déposa son plateau sur la table basse et demeura un long moment à contempler la jeune femme. Elle était si émouvante dans cette position relâchée ! Se baissant, il la prit dans ses bras et la porta jusqu'à son lit.

Le lendemain, au petit déjeuner, ils mangèrent des steaks préparés par Alex.

— Merci de vous être occupé de moi, hier soir, Alex, dit Tatiana. Je ne me suis rendu compte de rien… Je devais être profondément endormie.

Elle avait été surprise, au petit matin, de se réveiller en T-shirt et en slip, son jean et ses bottes lui ayant été ôtés.

— Vous étiez épuisée, Tatiana. Je ne pouvais vous laisser passer la nuit dans le fauteuil. Aujourd'hui, nous essayerons d'alléger le programme. Y a-t-il un endroit du domaine de Beaufort dont vous aimeriez que nous l'explorions à cheval ?

— Oh oui ! Il en est un que j'affectionne tout particulièrement : un billabong situé à seulement une heure de cheval d'ici.

— Emmenons un pique-nique.

— Excellente idée ! Jim va vous trouver une monture.

S'emparant de sa fourchette et de son couteau, elle dévora son petit déjeuner avec un appétit d'ogre, ce qui ne lui était pas arrivé depuis longtemps.

Le cheval choisi par Jim pour Alex — un étalon fougueux — lança tout d'abord un regard noir à son cavalier… Mais, quelques instants après, il lui obéissait sans rechigner.

Tatiana gratifia Alex d'un regard admiratif.

— Il ne vous a pas fallu longtemps pour lui montrer qui était le maître, dit-elle avec une grimace entendue.

Il esquissa un sourire.

— Plus vite on assoit son autorité, mieux cela vaut.

— Une de vos plus chères maximes, n'est-ce pas ?

— Elle ne produit pas toujours, malheureusement, les effets escomptés. On y va ?

— Suivez-moi !

Quelques heures plus tard, ils pique-niquaient auprès du billabong, Tatiana vantant avec enthousiasme les innombrables beautés du paysage.

— J'avais à peine six ans lorsque mon père m'a conduite ici pour la première fois. Et c'est également cette année-là que j'ai eu mon chien, un adorable Blue Heeler.

— J'ai toujours eu, moi-même, beaucoup de tendresse pour ce chien berger australien au pelage bleuté.

Un voile de tristesse avait assombri le regard de la jeune femme.

— Que lui est-il arrivé ? reprit Alex.

— Il est mort beaucoup trop tôt.

— En avez-vous eu un autre ?

— Hélas, non ! Père aurait voulu m'en acheter un autre mais je suis alors entrée au pensionnat, pour mes études. Je ne pouvais avoir un chien, là-bas.

Allongé dans l'herbe, ses deux mains sous la nuque et les yeux sur le bleu du ciel, Alex demanda :

— Vous vous entendiez bien avec votre père, n'est-ce pas ?

— Oui, mais il rêvait d'avoir un fils et ma mère a dû lutter bec et ongles pour qu'il ne me transforme pas en garçon. Ce n'était pas facile, pour moi, d'être la balle de ping-pong qu'ils se renvoyaient sans cesse. Mon père a tenu à m'insuffler les valeurs de la famille et...

— Il peut être fier de vous, Tatiana !

— Pour... pourquoi ?

84

— Vous êtes un vrai rayon de soleil. Les gens s'illuminent à votre contact. Et vous êtes si merveilleusement belle !

Déconcertée, Tatiana renversa sur son jean la tasse de thé qu'elle tenait. Alex sourit.

— Je vous surprends ?

— Beaucoup !

— J'avoue que mon opinion sur vous a beaucoup évolué, Tatiana. Vous m'avez agréablement surpris.

La jeune femme rougit jusqu'à la racine de ses cheveux.

— Même si je me suis parfois conduite comme une adolescente naïve et immature ?

Il haussa les épaules.

— Je ne suis toujours pas sûr de connaître la véritable Tatiana Beaufort. Mais ce n'est plus un problème désormais, puisque, formée par mes soins, vous allez pouvoir voler de vos propres ailes et envisager votre vie future sans moi. C'est bien ce que vous voulez, n'est-ce pas ?

— Je… Oui ! Vos parents, eux, auraient voulu…

— Votre mère aussi ! Mais notre vie nous appartient. Nous avons le droit d'en faire ce que nous voulons.

— Exactement !

Elle était très fière de son apparente indifférence quand, brusquement, butant contre une racine, elle en ruina l'effet en tombant pratiquement dans ses bras.

— Tatiana… Vous paraissez nerveuse ! Est-ce que tout va bien ?

— Très bien !

Un pieux mensonge. Elle n'allait pas bien du tout. Son cœur battait une folle farandole dans sa poitrine. Une onde de chaleur montait de ses reins. Elle n'avait aucune envie de mettre fin à leur mariage ! Et lui n'avait pas le droit d'y mettre fin aussi aisément !

— Tatiana…

Mettant son doigt sous son menton, il l'obligea à lever la tête et à soutenir son regard.

Un désir irrépressible de glisser ses doigts dans son abondante chevelure envahit Tatiana. Elle était même prête à faire plus. Beaucoup plus !

Il la regardait avec une telle intensité qu'un fol espoir la submergea. Il allait l'embrasser ! Au lieu de la remettre sur ses pieds, il la tenait serrée contre lui et il sembla à la jeune femme que sa respiration s'accélérait.

Mais, soudain, se redressant, il déclara d'une voix ferme :

— Vous devriez faire attention où vous posez les pieds, Tatiana. Ce sont vos terres. Vous êtes supposée les connaître mieux que personne.

Tatiana ouvrit la bouche puis la referma, aucun son ne pouvant franchir sa gorge contractée.

L'aidant à se lever, il prit la peine de brosser son pantalon pour en ôter la poussière.

— Tout va bien ? Nous pouvons rentrer ?

— Nous pouvons rentrer.

Elle pria le ciel que sa frustration ne se perçoive pas dans sa voix...

Un poisson creva la surface de l'étang. A quelques mètres d'eux, caché par une ombre propice, un oiseau aux brillantes couleurs trempait son bec dans l'eau puis se lissait les plumes. Une toilette méthodique et minutieuse... Tatiana aurait pu rester des heures encore à observer la nature mais elle venait de donner son accord à Alex pour rentrer. Sans doute était-ce mieux ainsi. Une fois de plus, elle avait été incapable de percer le mystère de ses prunelles sombres...

Ils remontèrent à cheval et prirent le chemin du retour.

*
**

Deux jours plus tard, Tatiana se retrouva une fois encore dans les bras d'Alex d'une manière tout à fait fortuite.

Avant que le soleil ne soit trop haut dans le ciel, elle l'avait conduit jusqu'à un piton rocheux, qu'ils escaladèrent vaillamment afin de profiter du splendide panorama qu'il offrait.

Non seulement la vue était unique mais elle permit à Tatiana de montrer à Alex toutes les terres faisant partie du domaine.

Elle lui montra également la gorge profonde creusée dans la roche par un des bras du fleuve. Il purent tout à loisir contempler la *mesa*, — cette montagne avec son vaste plateau au sommet et ses falaises à pic. C'est à ses pieds que son arrière-arrière-grand-père avait établi le premier campement de ce qui était devenu, bien plus tard, le domaine de Beaufort.

Pendant la descente, alors qu'elle se préparait à sauter d'un rocher escarpé, il la souleva dans ses bras et, l'espace d'un court instant, la garda serrée contre lui.

— Je... j'aurais pu me débrouiller seule ! protesta-t-elle.

Mais sa voix manquait singulièrement de conviction et son cœur battait la chamade.

— Je sais ! Je cherchais simplement à me conduire en gentleman.

— Ne vous donnez pas cette peine, Alex ! Mon père m'a appris à ne compter que sur moi-même. Je n'ai besoin de personne.

Surtout pas de quelqu'un dont le moindre contact produisait sur elle cet effet dévastateur !

Alex se garda de tout commentaire, se contentant de sourire. Il avait perçu son émoi, elle en était persuadée. Fort heureusement, le retour au bercail se fit sans autre incident.

Une surprise les y attendait. Tatiana trouva Marie dans la cuisine, s'affairant aux fourneaux.

— C'est vraiment très gentil à vous, Marie, dit Tatiana, mais il ne fallait pas...

— Vous gâter me fait plaisir ! Je suis tellement heureuse de vous avoir ici avec M. Constantin ! Il y a si longtemps que nous n'avons pas eu de visiteurs ! Votre mère adorait recevoir et j'ai beaucoup appris à son contact. Ce soir, j'ai sorti les verres de cristal et l'argenterie.

Tatiana se rendit dans la salle à manger. Deux bougies flambaient sur l'antique table en chêne, faisant miroiter les précieux couverts.

— C'est magnifique ! dit-elle à l'intention de Marie qui l'avait suivie.

— Vous avez tout le temps de prendre un bain et de vous changer, répliqua cette dernière. Je ne serai pas prête à vous servir avant une bonne heure.

Tatiana comprit qu'elle décevrait Marie si elle lui refusait le plaisir de les chouchouter.

Elle ne s'était guère encombrée de bagages mais, par chance, s'était munie d'un pantalon de crêpe noir et d'un corsage de soie sauvage. Une tenue tout à la fois sobre et élégante qui ferait honneur à Marie.

Dans un coffre à bijoux de sa chambre de jeune fille, elle dénicha une paire de boucles d'oreilles en forme de roses qu'elle portait à dix-huit ans. Amusée, elle décida de s'en parer. Cela rappellerait certainement des souvenirs à Marie.

Elle retrouva Alex dans le salon. Il avait, lui aussi, fait un effort d'élégance : chemise blanche sur pantalon bleu marine. Tandis qu'il lui versait un verre de sherry, elle lui lança soudain un regard soupçonneux.

— Cette idée de dîner aux chandelles est de vous, n'est-ce pas ?

— Pas du tout ! Marie m'a averti que vous alliez vous changer. J'ai jugé bon de faire de même.

Tatiana but une gorgée de sherry.

— Marie se donne beaucoup de mal, ce soir. Je subodore que votre présence en ces lieux nous vaut ce régime spécial.

— Je doute avoir une telle influence sur elle mais j'apprécie pleinement son initiative. Vous êtes magnifique, ce soir.

Son regard s'attarda sur le corsage légèrement transparent et les roses qui ornaient ses oreilles.

— Comme toujours, vous savez vous parer comme personne. Vous avez un goût parfait. Vous êtes un régal pour les yeux. Dommage que…

Prenant cet air hautain propre aux Beaufort, parfaitement en phase avec celui de ses ancêtres accrochés aux murs, elle rétorqua :

— Pourquoi ne finissez-vous pas votre phrase, Alex ?

— Assez parlé ! Passons à table !

Un rôti de bœuf était au menu. Marie s'était surpassée ; il était tendre et savoureux à souhait. Pour dessert, ils purent déguster une recette de flan que Tatiana adorait et qui lui rappela le temps de son enfance. Peu après, Marie se retira discrètement dans sa maison, les laissant en tête à tête.

— Une tasse de café devant la cheminée ? proposa Tatiana.

— Vous êtes fatiguée. Laissez-moi vous le servir.

— Merci.

Tandis qu'Alex lui servait le café préparé par Marie, Tatiana, les yeux rivés sur lui, ne put s'empêcher de lancer :

— Votre père a raison, Alex, je ne sais pratiquement rien de vous !

— Si vous espérez me faire parler de Flora Simpson, vous perdez votre temps ! Elle fait partie de mon passé. Je n'ai rien à dire à ce sujet.

Il prit place dans le fauteuil en face d'elle et tint son regard résolument fixé sur les flammes.

— D'accord ! concéda Tatiana. Nous éviterons donc les sujets qui fâchent. J'aimerais cependant mieux vous connaître. Vous semblez si à l'aise dans l'élevage de bovins ! Il n'y a pourtant aucun lien avec celui des huîtres perlières.

Il accepta enfin de tourner son regard vers elle.

— Je venais d'avoir dix-sept ans quand mon père décida qu'il était temps pour moi de montrer de quoi j'étais capable. Souhaitant diversifier les activités de l'entreprise familiale jusqu'alors concentrée sur la production de perles, il s'est rendu acquéreur d'un ranch et m'en a confié la direction. L'épreuve a été rude.

— Mais vous avez su tirer votre épingle du jeu…

— Il s'en est fallu de peu que j'échoue. Le marché, à l'époque, était saturé. C'est alors que m'est venue l'idée d'élever des bisons.

— Une idée hasardeuse !

— Mais pas déraisonnable. Les bisons se plaisent sur nos vastes étendues herbeuses et les Australiens sont friands de goûts nouveaux. J'exporte également cette viande vers l'Asie et l'Indonésie.

— Tout vous réussit !

— Ne croyez pas cela ! Rien n'est facile. Il faut beaucoup de travail, de persévérance, et avoir plusieurs cordes à son arc. Mon père m'a appris la mécanique. Je suis capable de réparer n'importe lequel de nos engins. Cela m'a aidé bien des fois !

Tatiana laissa échapper un soupir de découragement.

— Je n'en doute pas une seconde. Vous savez tout faire. Pas moi ! Une chose est certaine : jamais je ne pourrai diriger le domaine. Je n'en ai pas la capacité.

— Certaines femmes sont à même de démonter un moteur, d'attraper une bête au lasso, d'aider une vache à mettre bas.

— La nature les a pourvues de gros bras musclés.

Il éclata de rire.

— Vous ne manquez pas d'autres atouts. Vous montez très bien à cheval, par exemple.

— Merci. Dites-moi la vérité, Alex. Cette semaine passée sur mes terres était un test, n'est-ce pas ? Que cherchez-vous exactement à démontrer ? Que je ne suis pas capable de remplir la mission que je me suis fixée ?

— Si c'est la conclusion à laquelle vous avez abouti…

— Jamais je n'y arriverai, n'est-ce pas ?

— Je le crains.

— Ainsi, tel était le but recherché par cette séance de « formation » ! Me faire prendre conscience de mon incompétence.

Il se leva pour déposer sa tasse vide sur la table et remettre une bûche dans le feu.

— Je ne suis pas aussi machiavélique que vous le pensez, Tatiana. Cette prise de conscience était nécessaire. Mais chaque situation difficile a une solution appropriée. J'en ai peut-être une à vous proposer.

Et, pour que la tristesse quitte enfin les yeux couleur d'azur qui l'émouvaient tant, il lui fit part de son idée.

6.

— Vous voulez bien répéter ? s'écria Tatiana, stupéfaite, à la fin de sa tirade.

Alex s'exécuta.

— Les touristes sont de plus en plus attirés par cette partie du pays. Ils viennent du monde entier visiter la région de Kimberley et des territoires du Nord. Beaucoup de ranchs les accueillent désormais sous leur toit, leur proposant de vivre — l'espace de quelques jours — la vie aventureuse des conducteurs de troupeaux. Des paysages exceptionnels, la nature à l'état sauvage, la culture aborigène, la pêche, les crocodiles, Beaufort est l'endroit rêvé pour mettre en place un tel dispositif et, vous, Tatiana, la personne idéale pour lui donner une âme.

— Pourquoi ?

— Parce que vous êtes une authentique Beaufort, la descendante des tout premiers pionniers. Vous pouvez montrer les portraits de vos ancêtres. Aujourd'hui, les gens sont en quête d'authenticité. Durant cette année de vie commune, j'ai pu constater que vous étiez également une maîtresse de maison parfaite. Vous savez recevoir. Vous avez toutes les qualités requises.

Tatiana avait du mal à se concentrer. Cette avalanche de compliments — Alex en était plutôt avare — la déstabilisait.

— En plus, cet amour que vous éprouvez pour vos terres

est communicatif, poursuivit-il. Chacun sera sous le charme, j'en suis certain.

L'avait-il été, lui-même ? Elle en doutait.

— Bien entendu, vous devez être prête à être envahie par ces visiteurs et à répondre à leur curiosité insatiable. L'êtes-vous ?

— Si cela signifie sauver Beaufort et Carnarvon, je le suis, répondit-elle spontanément. Mais des transformations seront nécessaires pour pouvoir mettre en place cette nouvelle activité. Il faudra investir, solliciter les banques pour un emprunt.

— Ou prendre un partenaire financier.

— Un… un partenaire ?

— Moi, en l'occurrence !

Elle le regarda. Jamais il ne lui avait paru plus sérieux.

— … Les Constantin gèrent déjà une compagnie de bateaux de croisière entre Broome et Wyndham et une régie publicitaire internationale. Nous pourrons ainsi faire la promotion de Beaufort sans problème.

— Cela demande réflexion…

— Bien entendu ! Mais ce projet présente de nombreux avantages. Avec cette valeur ajoutée, vous pouvez prétendre me rendre, au fil du temps, l'argent que j'aurai investi dans cette affaire… et dans la construction de la route désenclavant Carnarvon.

— Et… qu'adviendra-t-il de notre mariage ?

— Il reste tel qu'il est.

— Tel… qu'il est !

— Oui. J'ai appris à vous connaître durant cette année passée à vos côtés. Il ne sert à rien d'essayer de vous imposer quoi que ce soit.

— Et si, Beaufort et Carnarvon étant sauvés, je décidais de mettre fin à ce mariage ?

— Nous analyserions alors de nouveau la situation.

Il parlait d'un ton détaché. Il parlait affaire. Qu'avait-elle donc espéré ? Qu'il ait changé ? Qu'il soit enfin tombé amoureux d'elle ?

Elle détourna son regard, le cœur en émoi.

Ces derniers jours, il lui avait pourtant semblé...

Ils étaient parfois si proches, si...

Une fois encore, elle s'était trompée. Il était de nouveau froid et distant.

— Bien, dit-elle, fataliste, j'accepte !

— Cela mérite d'être célébré. Marie a mis une bouteille de champagne au frais.

Comme elle se levait pour aller la chercher, il l'arrêta d'un geste de la main.

— Ne bougez pas ! Je m'occupe de tout.

Bientôt, il revenait avec la bouteille de champagne et deux coupes, qu'il remplit aussitôt.

— A la nôtre ! dit-il en lui tendant l'une d'elles.

— A la survie de Beaufort et de Carnarvon !

Tatiana but son verre d'un trait. Il fit de même. Elle le reposa sur le rebord de la cheminée, il reposa le sien. Puis, à sa grande surprise, se saisissant de ses mains, il l'obligea à se mettre debout et à lui faire face.

— Nous pouvons également sceller notre partenariat par un baiser...

— Alex..., protesta-t-elle, paniquée. Vous avez affirmé que... que tout continuerait comme avant !

Il sourit.

— Justement ! Je me souviens d'un baiser resté inachevé...

Se penchant, il effleura ses lèvres. C'était peu. C'était beaucoup. Cette simple caresse suffisait à éveiller ses sens. Surtout que ses mains ne restaient pas inactives. Il savait en user, moulant ses seins, descendant le long de son dos, soulignant sa taille, s'arrêtant sur les rondeurs de ses hanches...

Frémissante, Tatiana s'abandonna contre lui, accueillant dans la cavité humide de sa bouche une langue exploratrice qui avait le goût du champagne.

Savamment, Alex intensifia peu à peu ses caresses. Il approfondit son baiser, lui permettant en même temps de le caresser à son tour et de sentir ses muscles vibrer sous ses doigts.

Tatiana ne fut bientôt plus que désir. Un désir violent, primitif, animal.

Mais au moment même où, en feu, elle s'apprêtait à le supplier de lui faire l'amour, là, sur le canapé, il la repoussa et la maintint à bonne distance.

— Pour... pourquoi ? bredouilla-t-elle d'une voix à peine audible.

— Je pense qu'il est plus sage de nous en tenir là, Tatiana. Vous pourriez regretter d'aller plus loin.

— Mais, je...

La lueur ironique des prunelles sombres l'arrêta net dans son élan. Se redressant alors de toute la hauteur de sa taille, elle le défia du regard.

— Vous avez raison. Il est temps d'aller dormir. Bonne nuit, Alex !

Entortillée dans ses draps, Tatiana passa la nuit la plus agitée de son existence.

A quel jeu pervers Alex jouait-il ?

Et que penser de sa propre conduite, plus condamnable encore ?

Comment avait-elle pu se laisser aller comme elle l'avait fait, se livrant à lui corps et âme ?

Il était facile de deviner la stratégie d'Alex. En lui démontrant combien elle répondait naturellement à ses caresses, il rendait ridicule son refus de consommer leur mariage.

Qu'éprouvait-elle pour lui, finalement ? De l'amour ou de la haine ? Elle ne savait plus.

Une surprise de taille attendait la jeune femme, le lendemain matin. Dès son entrée dans la salle à manger, Alex déposa dans ses bras un adorable chiot, un Blue Heeler. Le même que celui offert par son père dans son enfance !

— Oh… Mais… comment… Où…

— La chienne de Jim venait de mettre bas, lors de ma dernière visite. Je m'en suis souvenu. Je suis allé choisir un des chiots moi-même, tôt ce matin. J'espère qu'il se montrera un compagnon agréable pour vous.

Tatiana pencha son visage sur l'adorable boule de poils. Puis elle rencontra le regard du petit animal ; le regard anxieux d'un chiot qui vient d'être enlevé à sa mère et à ses frères et sœurs et qui se demande ce qui va lui arriver… Son cœur fondit aussitôt de tendresse.

— Ne crains rien, trésor, je ne vais pas te faire du mal ! murmura-t-elle, émue aux larmes. Tu es le plus beau petit chien que j'aie jamais vu !

Elle sut alors qu'elle venait de tomber irrémédiablement sous le charme de l'animal et que jamais elle ne pourrait s'en séparer.

Comme s'il avait compris qu'il venait d'être adopté, le chiot remua la queue, extatique, puis, posant sa truffe humide sur son bras, s'endormit en toute confiance.

Mais Alex n'en avait pas fini avec les surprises…

— J'ai invité votre mère et Doug à venir passer quelques jours avec nous. Ils arriveront par avion dans quelques heures.

— Je… Vous connaissez l'ami de maman ?

— Oui. Elle me l'a présenté. Il est très sympathique. J'ai pensé que vous auriez du plaisir à avoir votre mère à vos côtés pour parler de vos nouveaux projets.

96

— Dites-moi la vérité, Alex. Ma mère aurait-elle cherché de nouveau à…

— Rassurez-vous, votre mère ne s'est absolument plus mêlée de ce qui ne la concernait pas depuis notre mariage, du moins à ma connaissance. Elle semble me faire totalement confiance pour assurer votre confort. Désirez-vous reprendre notre conversation d'hier soir ?

Tatiana ferma les yeux.

« Je ne veux pas de ce partenariat. Je veux mettre fin à ce mariage de convenance qui ne me convient pas… »

Tels avaient été les mots qu'elle avait ruminés pendant la nuit. Mais les dit-on à un homme qui vous offre en cadeau un Blue Heeler, en souvenir d'une bête dont elle avait pleuré la mort à l'adolescence ?

— Non… non… je ne le souhaite pas.

— Sage décision, Tatiana. Et si nous prenions notre petit déjeuner, maintenant ?

Les jours qui suivirent furent plutôt épiques. Natalie arriva, accompagnée de Doug, une sorte de géant aux cheveux grisonnants. Tout comme Alex, au premier abord, Tatiana le trouva sympathique.

Si elle avait craint que le compagnon de sa mère ne juge l'endroit un peu trop isolé, elle fut très vite rassurée. En tant que peintre, Doug fut instantanément sous le charme des paysages environnants. Mais ce qui la stupéfia fut l'attitude de sa mère. Elle qui, jusque-là, avait toujours détesté l'endroit, s'enthousiasma pour les visées d'Alex.

— Son idée est excellente, Tatiana ! C'est la seule viable pour sortir cet héritage — lourd à gérer, conviens-en — de l'ornière. Je peux même t'aider à financer le projet, grâce à l'argent que m'a laissé ton père.

97

— Merci, maman, mais il n'en est pas question. Engager l'argent de ton héritage sur une opération dont la réussite n'est pas sûre serait une folie.

— Alex va-t-il risquer ses propres deniers ?

— Il a proposé de devenir mon partenaire dans cette affaire, en effet. Nous avons passé un accord. Nous restons mariés, pour l'instant.

Tatiana ne fut pas peu fière d'être capable de parler de ce ton détaché d'un événement qui lui causait bien du tourment.

— Bien ! fit Natalie d'un ton satisfait. Si Alex t'épaule dans cette opération, il n'y a plus la moindre hésitation à avoir. Ton père serait fier de toi, Tatiana, car tu vas réussir à sauver Beaufort et Carnarvon.

Le lendemain, tous se retrouvèrent autour de la vieille table en chêne. Les idées fusaient de toute part. Natalie ne se montrait pas la moins active. Elle semblait vraiment se réjouir à l'idée de redécorer chaque pièce de la maison afin d'y accueillir dignement les futurs touristes.

Emerveillée par la transformation de sa mère, Tatiana prenait enfin conscience de ce que la personnalité austère d'Austin Beaufort avait, par le passé, bridé et étouffé celle de sa femme... laquelle rayonnait littéralement, désormais.

Alex et Doug discutèrent de la possibilité de doter le ranch d'une aile supplémentaire, plus rustique, destinée à ceux des visiteurs voulant expérimenter les conditions de vie drastiques des conducteurs de troupeaux.

Le ranch allait également devoir s'équiper de véhicules tout terrain pour les visites aux sites d'exception du domaine et acquérir de nouveaux chevaux pour ceux qui voudraient suivre les troupeaux.

Enfin, Alex rappela à tous, les règles de sécurité qu'ils

allaient devoir adopter afin d'obtenir le label de qualité délivré par l'office du tourisme.

— Mais, ne l'oublions pas, rappela-t-il en se tournant vers Tatiana, c'est vous qui serez l'âme de cette entreprise. Tout va reposer sur votre charme personnel et votre amour pour ce coin de terre, que vous savez si bien communiquer.

Tous applaudirent ; le chiot — récemment baptisé César — qui, roulé en boule, dormait sur les genoux de Tatiana, ouvrit un œil et, ne voulant pas être en reste, poussa un jappement d'approbation.

Pour la première fois depuis son mariage, Tatiana sentit une bouffée de bonheur l'envahir.

Cette nuit-là, il était près de minuit quand Tatiana se leva précipitamment pour courir vers le salon où, près de la cheminée, elle avait installé le panier de César. Il lui semblait avoir entendu l'animal pleurer.

Elle avait pris grand soin d'équiper le panier de coussins moelleux, avait même enveloppé une bouillotte dans une serviette afin que le chiot n'ait pas froid. Une fois la lumière allumée, elle découvrit ce dernier, les pattes de devant posées sur le rebord du couffin, la considérant d'un air malheureux, des larmes plein les yeux. Cependant, l'ayant reconnue, il remua la queue et poussa un jappement de contentement.

S'agenouillant aussitôt près de lui, elle le prit dans ses bras et le serra fort contre elle.

— Chut ! murmura-t-elle à son oreille. Tu ne dois pas réveiller le reste de la maisonnée. Tu dois apprendre à dormir seul. Je sais, c'est très dur. Jusqu'à ce jour, tu dormais avec ta maman, tes frères et tes sœurs. Mais tu vas grandir et devenir un chien fort et courageux.

César se pelotonna contre elle, comme s'il avait enfin trouvé la place qui lui convenait.

— Dieu du ciel, que vais-je faire de toi, César ? Je sais ce que tu veux. Venir dormir avec moi dans mon lit, mais…

— Si vous le lui permettez une seule fois, Tatiana, il ne voudra plus jamais dormir seul.

La jeune femme se retourna. Alex se tenait dans l'embrasure de la porte. César expérimenta alors un autre de ses moyens de communication. Il grogna et montra les dents.

— Oh… quel courage tu as, mon petit trésor ! s'exclamat-elle, avec une admiration sincère. Si petit et déjà prêt à me défendre !

Alex fit la moue.

— Finalement, déclara-t-il, vous donner ce chien n'était peut-être pas une très bonne idée !

Après une seconde d'hésitation, la jeune femme déposa le chiot dans les bras d'Alex.

— Il faut que tu comprennes une chose, César, le sermonnat-elle. C'est cet homme qui t'a donné à moi. Tu lui dois un peu de respect. Faire ami-ami avec lui serait une bonne chose.

— Tu as compris, petite boule de poils ? marmonna Alex en lui faisant les gros yeux.

César crut comprendre ce qu'on exigeait de lui et lécha consciencieusement le cou d'Alex.

— Par tous les diables de l'enfer, reprenez-le, Tatiana ! Je n'en demandais pas tant !

Etouffant à grand-peine un fou rire, la jeune femme reprit le chiot dans ses bras et lui embrassa affectueusement le museau.

A contempler le tableau qu'ils formaient, Alex conçut un sentiment qui le surprit. « Jaloux d'un chien ! Vraiment, mon vieux, il serait grand temps que tu te reprennes ! »

Remarquant soudain qu'il portait ses vêtements du jour, Tatiana s'exclama :

— Vous ne vous étiez donc pas encore mis au lit ? Il est plus de minuit !

— J'allais regagner ma chambre lorsque j'ai entendu le chien pleurer. Je m'étais attardé au bureau. Il me restait quelques détails à mettre au point avant mon départ, demain.

— Vous partez demain ? Je l'ignorais !

— J'avais espéré pouvoir rester quelques jours encore mais ma présence est exigée dans un de mes ranchs. Votre mère et Doug vont demeurer à vos côtés quelques jours encore. Vous pourrez faire face ?

Piquée au vif, elle se raidit.

— Bien entendu !

— Je serai de retour le plus tôt possible. Vous ne risquez rien, ici, Tatiana. Il y a au moins cinq hommes sur le domaine pour garantir votre sécurité. D'ailleurs, je doute que quelqu'un vienne vous chercher noise dans ces contrées reculées.

— Les hommes du domaine savent-ils que l'on a tenté de me kidnapper ?

— Jim est au courant. Il passera la consigne.

— Avons-nous plus d'informations sur le ravisseur ?

— Il sera jugé sous une double inculpation : détention d'arme sans permis et tentative de kidnapping. Il est sous les verrous pour longtemps.

Il fit une pause, puis ajouta :

— Tout à l'heure, il m'est venu une idée que j'aimerais vous soumettre...

— Laquelle ?

— Jim et Marie ont une fille de dix-huit ans qui vient de terminer ses études secondaires. Elle devra se rendre à Perth ou à Darwin pour trouver du travail. Pourquoi ne pas lui proposer de s'installer ici ? Vous pourriez la former. Elle serait alors

101

pour vous une aide précieuse, lorsque les hordes de touristes envahiront les lieux.

— Vous voulez parler de Polly, je suppose ?

— Vous la connaissez ?

— Nous avons grandi ensemble, Polly et moi ! Elle est l'énergie même mais s'est toujours montrée rebelle à toute autorité.

— C'est ce que m'a laissé entendre Marie. Peut-être réussirez-vous là où elle a échoué… D'après sa mère, vous êtes son idole.

Tatiana battit des paupières, stupéfaite.

— Je l'ignorais !

— Voulez-vous tenter de dompter la sauvageonne ?

— Avec plaisir. Polly aime Beaufort presque autant que moi et Marie et Jim sont des personnes que j'apprécie tout particulièrement.

Elle chercha son regard.

— Vous semblez, soudain, prendre grand soin de moi, Alex. Pourquoi ?

Il partait le lendemain. Elle ne pouvait pas le laisser s'éloigner sans comprendre ce qui lui valait ce changement d'attitude !

Mais Alex resta résolument muet, se contentant de la regarder intensément.

« Un jour, pensa-t-il, cette femme partagera mon lit, j'en fais le serment. Ce jour n'est pas encore venu. Je dois l'y préparer en douceur et, surtout, ne rien brusquer ! »

Comme un frisson parcourait la jeune femme, il déclara :

— Il est temps de regagner votre lit, Tatiana. Remettez César dans son panier. Là est sa place !

Mais, au lieu de lui obéir, la jeune femme se redressa de toute la hauteur de sa taille — et il lut la rébellion au fond des prunelles bleu azur.

— Je suis désolée de vous contredire, Alex, mais César dort avec moi. Ainsi en ai-je décidé !

102

Puis, le chiot dans les bras, elle passa devant lui, roide comme la justice, sans même lui accorder un regard.

L'espace d'une seconde, croisant celui du chien, Alex crut y lire une lueur de triomphe… Mais il devait se tromper !

7.

Deux mois plus tard, Tatiana et Polly se trouvaient toutes deux dans la cuisine, en proie à une terrible tension. Leurs premiers clients venaient d'arriver. Un groupe de dix Américains, venus terminer ici un séjour commencé sur un des bateaux de croisière Constantin.

Les catastrophes s'enchaînaient. Marie était au lit avec de la fièvre et Natalie — qui s'était foulé la cheville deux jours plus tôt — avait été reconduite à Perth par Doug.

A la demande impérative de Tatiana, Alex n'était pas présent, et César venait de ravager totalement une paire de chaussures — sa préférée.

Pour corser le tout, Polly, nerveuse, laissa échapper une assiette, qui se brisa en mille morceaux sur le carrelage. Elle jura alors comme un charretier avant de s'excuser, confuse.

— Je vous demande pardon, Tatiana ! Je pensais m'être débarrassée à jamais de cette habitude de tout casser et de jurer, mais elle revient en période de stress. Nos clients sont dans le salon et attendent que je les serve et, moi, je…

Tatiana posa ses mains sur ses épaules.

— Calme-toi, Polly, tout va bien ! Tu es superbe ! Ta tenue te va à ravir et nous sommes tous très fiers de toi. Ton père, ta mère, moi et, bien sûr, Alex !

Polly baissa les yeux sur sa jupe noire et son corsage blanc, porta sa main à ses cheveux qui, désormais — grâce à la coupe conseillée par Tatiana —, encadraient joliment son visage, puis lança un regard anxieux au miroir qui lui faisait face. Elle avait du mal à se reconnaître…

Ces deux mois de formation l'avait transformée. Elle avait appris à se maquiller très légèrement et, surtout, à se débarrasser de cet air revêche et rebelle qui auparavant était le sien.

— Je vais réussir, Tatiana ! promit-elle.

— J'ai confiance en toi, Polly ! Tu peux le faire et tu le feras ! Je vais aller leur annoncer le menu. Puis ce sera à toi d'entrer en scène et de faire le reste…

Polly esquissa un sourire.

— Je suis prête à descendre dans l'arène, Tatiana !

Cette dernière se dirigea vers la salle à manger. Le moment était crucial ; Polly et elle allaient devoir relever, seules, leur premier défi. Elles ne pouvaient pas se permettre la moindre défaillance.

Elles avaient tort de s'inquiéter. La table de chêne, dressée avec les plus belles pièces du service des Beaufort, était une véritable splendeur et les clients, enthousiastes, déclarèrent tous être très satisfaits de leur chambre.

Il ne restait plus qu'à leur montrer quelques-unes des merveilles de la nature environnante pour parfaire leur bonheur.

Les touristes retirés pour la nuit, Tatiana et Polly se tenaient de nouveau dans la cuisine, leurs chaussures ôtées, la porte soigneusement fermée et César sagement endormi dans son panier.

— Quelle journée ! s'exclama Polly. Mais nous avons réussi !

— Quelle journée, en effet ! reconnut Tatiana. Polly, tu as été extraordinaire.

— J'ai fait ce que j'ai pu. Mais ils vous ont adorée, cela ne fait aucun doute !

Puis, embrassant du regard le désordre ambiant, elle ajouta :

— Il ne nous reste plus qu'à tout ranger !

— A deux, nous en viendrons vite à bout ! Espérons que ta mère sera rétablie pour le barbecue, demain soir.

Polly ne quittait pas Tatiana des yeux.

— Dommage qu'Alex n'ait pas été là pour vous voir, ce soir, dit-elle. Vous étiez superbe !

— C'est moi qui lui ai demandé de prendre le large. Lorsqu'il est là, je perds mes moyens.

— Je comprends. Il m'impressionne terriblement, moi aussi. Il est tellement séduisant !

« Encore une qui n'est pas insensible à son charme ! » songea Tatiana en laissant échapper un soupir.

Il était minuit lorsque Tatiana rejoint enfin son lit, avec le sentiment du devoir accompli. Tout était prêt pour les activités du lendemain.

Mais Alex lui manquait. Elle l'avait prié de se tenir éloigné et il avait obéi.

« Jusqu'à quand ce jeu du chat et de la souris va-t-il durer ? » se demanda-t-elle.

Comme elle soupirait, César se réveilla, jappa et sauta sur le lit.

— Ah, non ! dit-elle. Nous avons un accord, César ! Je te permets de dormir dans ma chambre mais pas dans mon lit. Tu dois rester dans ton panier ! Qu'est-ce qui t'a pris de déchiqueter mes chaussures ? Je suis très en colère, tu sais !

Le ton de sa voix ne devait pas être en adéquation avec ses

mots, car au lieu de faire montre de contrition, le chiot vint se pelotonner contre elle.

Tatiana soupira de nouveau et le prit dans ses bras.

— Bon, bon, d'accord, dit-elle, mais seulement pour cette nuit !

Deux jours plus tard, Tatiana et Polly prenaient congé de leurs premiers clients qui les couvraient de compliments.

Le deuxième jour avait été nettement moins agité que le premier. Sa fièvre tombée, Marie avait pu s'occuper de la cuisine tandis que Tatiana et Polly emmenaient leurs pensionnaires visiter le domaine, certains à cheval, d'autres en 4x4. Aucun incident notable n'intervint et le charme des paysages fit le reste.

Le barbecue sous les étoiles, autour d'un immense feu de bois, avait remporté un vif succès. Tous avaient chanté et Polly les avait subjugués avec son talent à manier le fouet.

Aujourd'hui était le jour du départ. Tous promettaient de revenir et, surtout, de faire la publicité du lieu auprès de leurs amis. Leur séjour sur les terres de Beaufort les avait manifestement comblés.

Tatiana était si absorbée par son travail qu'elle n'entendit pas l'avion atterrir. Sa surprise fut totale quand, le dernier client parti, elle se retrouva face à son mari.

— Alex ! Je... je ne vous ai pas entendu arriver !

— Je sais. Vous étiez bien trop occupée à recevoir les compliments de vos clients. D'après ce que j'ai pu entendre, tous étaient ravis.

Ainsi, il avait assisté au départ des touristes ! Elle n'était pas mécontente qu'il ait pu entendre leurs éloges.

Elle le gratifia d'un sourire lumineux.

— Ils l'étaient, en effet. J'ai même reçu plusieurs invitations à me rendre en Amérique.

— Ne l'avais-je pas prédit ? Ils vous ont adorée.

« Si seulement vous les imitiez ! » pensa Tatiana, attristée.

Peu après, Tatiana et Alex se retrouvaient enfin seuls sous la véranda, pour un dîner en tête à tête.

— Il semble que vous ayez même réussi à dompter Polly, la rebelle, lança Alex comme ils prenaient l'apéritif.

— Dompter n'est peut-être pas le mot qui convient. Je lui ai tout simplement donné confiance en elle. Elle est et restera une rebelle et c'est ce qui fait son charme. Si vous l'aviez vue avec son fouet et son lasso ! Elle adore cette terre sauvage et ses traditions. Le succès obtenu aujourd'hui lui doit beaucoup.

— Racontez-moi ça !

Elle s'exécuta, ne cachant rien des difficultés du premier jour et des satisfactions du jour suivant.

Il la dévisagea avec intensité.

— Vous êtes épuisée, n'est-ce pas ?

Ne pouvant nier l'évidence, elle assura cependant :

— Ce sera plus facile la prochaine fois.

— Avez-vous d'autres réservations, cette semaine ?

— Non. En revanche, toutes les chambres sont réservées pour le prochain week-end.

— Venez quelques jours avec moi à Darwin.

Elle ouvrit de grands yeux.

— Pourquoi ?

— Vous avez besoin de repos.

— Il y a tant de choses à faire ici !

— Polly, Marie ou votre mère peuvent s'en charger.

— Ma mère s'est foulé la cheville.

— Elle va mieux. Elle m'a téléphoné ce matin. Elle et Doug seraient heureux d'être sur les terres de Beaufort le week-end prochain.

Décidément, il avait réponse à tout !

— Il y a César.

Entendant son nom, le chiot remua la queue et vint poser sa patte sur le genou de Tatiana.

— Emmenez-le avec vous !

— Oh, je ne sais si… Dans un appartement, un chien…

— Vous le sortirez pour des promenades régulières.

Elle le regarda, pensive. Pourquoi tenait-il donc tant à ce qu'elle vienne à Darwin ? Comme toujours, son visage ne laissait filtrer aucune émotion. Il était et resterait une énigme. Se pourrait-il que…

Alors qu'elle commençait à croire à l'impossible, il reprit :

— Ma mère se fait opérer dans deux jours. Elle est très angoissée. Elle aimerait beaucoup vous voir avant l'opération.

Son fol espoir, une fois encore, envolé, elle répondit :

— Bien, je viendrai !

Ce soir-là, avant de s'endormir, elle eut une conversation avec César.

— Ecoute, trésor… Je vais partir. Je suis obligée de te laisser avec Polly. Sois bien sage. Ne fais pas de bêtise. Je reviendrai très vite.

César la considéra avec ses grands yeux attentifs et, immanquablement, elle fondit de tendresse.

— Je vais lui dire de te laisser dormir dans mon lit.

Elle se reprit aussitôt.

— Non, ce ne serait pas une bonne idée ! Mais, dès mon retour, nous reprendrons nos habitudes car, toi et moi, c'est pour la vie.

César vint se pelotonner contre elle et elle le serra fort dans ses bras. Qu'il était bon d'aimer et d'être aimée !

Le jour suivant, ils étaient de retour dans l'appartement de Darwin. Tatiana fureta autour d'elle, désemparée. Elle était partie depuis si longtemps qu'elle en avait perdu ses repères !

Alex releva les stores. C'était une de ces journées sèches et ensoleillées dont Darwin a le secret. Tatiana resta immobile devant la fenêtre, à regarder les bateaux pénétrer dans le port.

Conscient de son malaise, Alex demanda :

— Vous n'êtes pas heureuse de revenir ici, n'est-ce pas ?

— Je suis désorientée — en total décalage par rapport à l'intensité de mes activités, ces derniers mois.

— Je comprends. Vous auriez dû emmener César avec vous.

Elle grimaça.

— Et le regarder déchiqueter tout ce qu'il trouve ?

— Ainsi, vous avez réussi à dompter Polly, mais pas César !

— Alex, il n'a que trois mois et demi ! C'est encore un bébé ! On ne peut pas exiger de lui d'avoir un comportement responsable !

Alex fit la moue.

— A vos yeux, ce chien a décidément toutes les excuses ! Que ne ferais-je pas pour bénéficier de la même indulgence !

Tatiana arqua ses sourcils.

— Alex ! Seriez-vous jaloux de ce pauvre César ?

— Il se pourrait que je le sois ! avoua-t-il, contrit.

Tatiana dut lutter contre l'envie de le prendre dans ses bras. Alex Constantin pilotait son propre avion, maîtrisait tout ce qu'il entreprenait… et il était jaloux de l'attention qu'elle portait à un chiot !

Cette pensée la bouleversa.

Mais ce moment d'émotion ne dura guère. Reprenant son ton de commandement, Alex changea radicalement de sujet.

— J'ai invité mes parents à dîner, ce soir. Ma mère se fait opérer demain. J'ai pensé qu'elle préférerait passer la soirée, à la maison, en notre compagnie, plutôt que d'aller au restaurant. Pouvez-vous vous charger de préparer le repas ?

— Bien entendu !

— Merci ! Je dois, quant à moi, me rendre au bureau.

Il atteignait la porte lorsqu'il se retourna.

— A propos, j'aurai une surprise, pour vous, ce soir.

— Une surprise ! Laquelle ?

— Si je vous dis de quoi il s'agit, ce ne sera plus une surprise. Vous allez devoir patienter jusqu'à ce soir !

Et, sur ces mots, il quitta la pièce.

L'après-midi fut épique. Tatiana dut faire plusieurs fois les courses — elle oubliait toujours quelque chose d'essentiel. Plus tard, incapable de se souvenir si elle les avait ou non assaisonnés, elle dut goûter chaque plat deux fois.

« Seigneur, je perds la tête ! pensa-t-elle, effarée. Je ne sais plus ce que je fais. Et tout cela parce que Alex est jaloux de César ! »

Elle finit par prendre la décision de se relaxer dans un bain chaud et parfumé, mais la détente attendue ne vint pas, tant ses nerfs étaient noués.

Perdue dans ses pensées, elle n'entendit pas le retour d'Alex dans l'appartement. Elle sortait de la baignoire quand, brusquement, il pénétra dans la salle de bains.

Elle cria. Pour la toute première fois depuis leur mariage, elle s'offrait, entièrement nue, à son regard.

— Excusez-moi ! dit Alex. La maison était si silencieuse que j'ai cru…

Sa voix, soudain, s'était faite rauque. Le spectacle ne le laissait manifestement pas indifférent.

— Vous auriez pu poser pour Botticelli, Tatiana…

Il ne pouvait détacher son regard de sa poitrine, de ses hanches, de son pubis. Tétanisée, la jeune femme n'osait bouger. S'emparant d'une serviette, il la lui tendit. Tel un automate, elle s'en saisit sans même penser à s'en couvrir.

— Tatiana…

Il fronça alors le nez — et se dirigea vers la porte, qu'il ouvrit.

— Cette odeur… Quelque chose est en train de brûler, Tatiana !

— Dieu du ciel ! Mon rôti de porc !

Se précipitant vers elle, il l'enveloppa dans la serviette et la souleva de terre.

— Alex, nous ne pouvons pas…

— … offrir un dîner brûlé à ma mère ? Certainement pas ! Allons voir l'étendue des dégâts !

Il la transporta jusqu'à la cuisine et la déposa sur une chaise. Il ouvrit le four et une épaisse fumée s'en échappa. Quand elle se dissipa, ils ne purent que constater le désastre : le rôti de porc était carbonisé.

Tatiana porta la main à sa bouche, étouffant un cri de désespoir. Elle avait totalement oublié de programmer le temps de cuisson.

— Restons calmes, il ne sert à rien de paniquer ! fit Alex. Qu'aviez-vous prévu d'autre ?

— Du saumon fumé en entrée et une salade de fruits.

— Bien ! Je connais un fast-food, non loin d'ici, qui fait les meilleurs travers de porc que je connaisse. Je vais les appeler pour nous en faire livrer.

— De la nourriture de fast-food pour votre mère ? Vous n'y pensez pas !

— Elle n'en saura rien. Faites-moi confiance, ces travers de porc sont une merveille !

— Mais il est tard et…

Il sourit.

— J'ai été un client assidu de leur établissement pendant que vous vous activiez sur vos terres de Beaufort. Ils nous livreront sans le moindre délai. Détendez-vous ! Je me charge de tout.

Comme Tatiana poussait un soupir de soulagement, la serviette nouée autour de sa poitrine se desserra, laissant voir ses seins laiteux. Alex la réajusta aussitôt.

— Puis-je vous faire une suggestion, Tatiana ? dit-il, le regard brillant.

— Laquelle ?

— Il serait bien, ce soir, que vous portiez la moins sexy de vos tenues…

— Pour… pourquoi ?

— Je ne suis pas certain de pouvoir résister longtemps encore à la tentation si vous continuez à exhiber vos charmes.

— Je… je vais m'habiller, Alex !

Elle courut se réfugier dans le sanctuaire de sa chambre. Son cœur battait une folle sarabande dans sa poitrine. Il s'en était fallu de peu pour que…

Votre tenue la moins sexy !

Tatiana fouilla frénétiquement dans sa garde-robe à la recherche de ce qui pouvait convenir à cette définition. Elle finit par opter pour une robe chinoise à col droit, dont la rangée de boutons, sur le devant, était on ne pouvait plus sage. Elle s'assit devant sa coiffeuse et regarda son reflet dans le miroir. Ses yeux avaient un étrange éclat et ses joues étaient rosées. Ils avaient été sur le point de faire l'amour, elle en était persuadée.

Pour la première fois de sa vie, elle aspira à boire un verre d'alcool fort…

C'est l'instant que choisit Alex pour pénétrer dans la pièce, un verre à la main.

— Je vous apporte un verre de whisky. J'ai pensé que vous en auriez besoin… Et, bonne nouvelle, les travers de porc viennent d'être livrés.

Il déposa le verre sur la coiffeuse et examina sa tenue d'un œil critique.

— Vous avez l'air d'une nonne, Tatiana. Un vrai défi à relever !

Sans lui laisser le temps de répliquer, il s'en fut, refermant soigneusement la porte derrière lui.

Tatiana laissa échapper un juron qu'une nonne ne se serait certainement pas permis de proférer. Puis elle vida son verre d'un trait, manquant s'étouffer.

Comment se comporter lorsque Alex se trouvait dans cet état d'esprit ? Comment allait se passer cette soirée et, surtout, la nuit qui allait suivre ?

La sonnette de la porte d'entrée retentit, annonçant l'arrivée de George et d'Irina. Il était temps pour elle de rejoindre le salon…

Pour être honnête, la conduite d'Alex, durant la soirée, fut en tout point parfaite. Irina souffrait visiblement de sa hanche et son angoisse pour le lendemain se lisait sur son visage ; mais, tout comme George, elle montra un réel plaisir à revoir sa belle-fille.

— Ma chère Tatiana, vous m'avez beaucoup manqué ! J'aurais

114

tellement voulu pouvoir me rendre sur vos terres afin d'en voir les transformations ! Alex affirme que vous avez fait merveille. Hélas, je ne suis, aujourd'hui, qu'une pauvre handicapée…

Une vague de remords submergea Tatiana. Irina avait besoin de son aide et elle avait fui sur ses terres ancestrales…

Le dîner se déroula sans incident et, après s'être resservi deux fois du plat livré par le fast-food, Irina déclara :

— Ces travers de porc sont un pur délice ! Décidément, Tatiana, vous avez tous les talents !

Tatiana ouvrait la bouche pour expliquer qu'elle n'était pour rien dans l'excellence de ce plat quand elle rencontra le regard d'Alex, lequel la défiait de la contredire. Il avait raison. Il est des choses qu'il vaut mieux garder secrètes…

Elle servait le café dans le salon lorsque Alex produisit sa surprise. Allumant la télévision et le magnétoscope, il requit leur attention.

A la surprise générale, Tatiana apparut alors sur l'écran. Irina battit des mains.

— Oh, je suis si contente de pouvoir enfin voir cette publicité dont tu m'as tant parlé, Alex !

— Nous venons juste d'en terminer le montage et le mixage, expliqua ce dernier. Tatiana n'a pas encore eu l'occasion de voir le résultat final.

Tous rivèrent leurs yeux sur l'écran. A la fin de la projection, George se tourna vers sa belle-fille, l'air ému.

— Ma chère Tatiana, dit-il, vous êtes vraiment la meilleure ambassadrice qui soit pour les perles de culture Constantin. Sans rien dire de votre beauté, qui ne leur cède en rien, vous en parlez avec un enthousiasme vraiment communicatif. Bravo et merci !

A son tour, Alex la complimenta. Il semblait sincère.

— Je… Vous m'embarrassez ! dit Tatiana en rougissant.

— Fais très attention, Alex ! lança George, tout sourire. Une star est née. Ta femme pourrait fort bien nous être enlevée par un producteur d'Hollywood !

— Et ce n'est pas fini ! déclara Alex en introduisant une nouvelle cassette dans l'appareil. Attendez de voir la suite. Voici les rushes des images prises sur les terres de Beaufort.

Tatiana se redressa sur sa chaise. Une équipe de tournage, en effet, avait passé deux jours sur le domaine afin d'en faire la promotion.

Ils virent bientôt César traverser le champ de la caméra, une chaussure dans la gueule ; Tatiana et Polly, à ses trousses, poussaient de hauts cris.

Une autre séquence suivait, dans laquelle on pouvait entendre Polly jurer comme un charretier puis porter sa main à sa bouche et s'excuser.

— Comment ont-ils fait ? s'exclama Tatiana.

— A votre demande, l'équipe s'est promenée librement pour saisir l'atmosphère des lieux. Je suis certain que vous n'avez rien oublié de la scène suivante, Tatiana.

La jeune femme focalisa de nouveau son attention sur l'écran. Elle se tenait sur son cheval et décrivait les merveilles d'un billabong lorsqu'une guêpe piqua l'arrière-train du cheval, qui partit comme une flèche.

— Ça, c'était la première prise, commenta Alex.

De nouveau fermement campée sur son cheval, Polly tenant fermement sa bride, Tatiana commença à énoncer le texte qu'elle avait écrit et connaissait par cœur :

— Il y a bien d'autres billabongs dans cette merveille... euh, non... il y a bien d'autres merveilles dans ce billabong...

— Ça, c'était la deuxième prise ! dit Alex. Et, maintenant, la troisième.

Dans cette prise, Tatiana récitait son texte à la perfection. Hélas, son fringant coursier avait jugé bon, avant la fin de la séquence, de se laisser aller à faire ses besoins...

Dans la quatrième, au milieu d'une phrase, Polly se mettait soudain à danser la gigue en criant :

— Et dans ces satanés billabongs, il y a aussi des fichues fourmis qui sont en train de grimper sur mes jambes car nous nous tenons juste au-dessus de leur foutu nid ! Zut, zut et zut !

Dans un zoom arrière, la caméra montrait alors l'équipe entière en train de se tordre de rire.

Tatiana dut s'essuyer les yeux, tant était grande son hilarité aux souvenirs de cette scène fatidique.

— Il n'a fallu pas moins de sept prises, je crois, pour venir à bout de cette séquence, expliqua-t-elle.

Alex éteignit le magnétoscope.

— Cela fait bien longtemps que je n'ai pas autant ri, avoua alors Irina, semblant avoir totalement oublié l'épreuve qui l'attendait, le lendemain. Merci pour cette merveilleuse soirée ! Beaufort a vraiment l'air d'être un lieu magique. Merci de l'avoir quitté pour être auprès de moi.

Tatiana prit Irina dans ses bras.

— J'ai hâte de vous emmener sur mes terres dès que vous serez rétablie, Irina.

Après avoir reconduit ses parents jusqu'à leur voiture, Alex vint rejoindre sa jeune épouse sous la véranda.

— La soirée était très réussie ! déclara-t-il. Je suis heureux que ma mère ait pu, pendant quelques heures, oublier son mal.

— Elle souffre beaucoup, n'est-ce pas ?

— Terriblement. Elle aurait dû se faire opérer depuis des lustres… Mais elle a la phobie des hôpitaux. Pourtant, ce type d'opération de la hanche est très courant, aujourd'hui.

— Je n'aurais pas dû m'éloigner de Darwin pendant si longtemps !

— Ce n'est pas de Darwin que vous avez voulu vous éloigner, Tatiana, mais de moi !

— Je… Il le fallait, Alex ! Vous… vous jouiez avec moi un jeu insupportable.

Il se campa devant elle, lui saisit les épaules et l'obligea à affronter son regard.

— Et, vous, Tatiana, à quel jeu jouez-vous donc ? Nous ne sommes plus des adolescents. Si vous me désirez autant que je vous désire, ayez au moins l'honnêteté de le reconnaître ! Du reste, si ce n'est pas le cas, votre talent de comédienne est digne d'Hollywood !

S'arrachant à son étreinte, elle courut s'enfermer dans sa chambre à double tour.

« Le moment n'est toujours pas venu, pensa Alex. Il finira par arriver… Il suffit d'être patient. »

Le lendemain, Tatiana passa l'après-midi à l'hôpital, au chevet d'Irina. Alex et George étaient également présents, guettant anxieusement le réveil de la patiente, au sortir du bloc opératoire.

Lorsque celle-ci reprit enfin conscience, Tatiana ne put qu'admirer la dévotion d'Alex pour sa mère. Il parvint même à la faire sourire, chassant ainsi ses vieilles terreurs du milieu hospitalier.

Au bout d'une heure, Irina lui demanda de reconduire George à la maison afin qu'il prenne quelque repos.

— Je peux rester seule avec Tatiana, ajouta-t-elle, si elle veut bien tenir compagnie à une malade.

— C'est avec grand plaisir que je reste à vos côtés, Irina, repartit la jeune femme en prenant aussitôt place sur la chaise libérée par Alex.

118

— Il est si attentionné ! dit Irina dès qu'elles se retrouvèrent seules. J'ai vraiment de la chance d'avoir un tel fils !

Tatiana déglutit avec peine, se demandant ce qui allait suivre ; mais, épuisée, la malade s'endormit et ne se réveilla pas jusqu'au retour des deux hommes.

— Vous avez l'air fatiguée, Tatiana, dit George. C'est à votre tour d'aller vous reposer. Je peux prendre la relève. Alex va vous raccompagner.

Tatiana leva les yeux vers Alex, qui approuva d'un signe de tête.

De retour dans l'appartement, après un trajet silencieux, Alex l'enveloppa d'un regard scrutateur.

— Mon père avait raison, dit-il. Vous avez l'air épuisée, Tatiana. Désirez-vous que je vous fasse quelque chose à manger ?

— Non, enfin, je… je ne sais pas !

— Ecoutez, enterrons la hache de guerre, voulez-vous ! Je tiens à vous remercier pour tout ce que vous avez fait pour ma mère. Allongez-vous sur le canapé du salon. Je vais vous préparer une légère collation.

Elle lui obéit et, quelques minutes plus tard, il la rejoignait avec un plateau portant des sandwichs au jambon et au fromage, ainsi qu'une théière.

— Voici pour vous…

— Vous n'allez pas partager ces sandwichs avec moi ?

— Non ! J'ai mangé avec mon père. Il avait vraiment besoin de compagnie.

Prenant place sur un fauteuil en face d'elle, il la regarda manger avec appétit.

— J'ai eu des nouvelles de Beaufort, dit-il. Votre mère et Doug sont arrivés. Tout semble merveilleusement bien se passer, sauf pour César. Vous lui manquez. Il refuse de se nourrir.

— Parce que j'ai pris soin de cacher toutes mes chaussures !

— Vous lui manquez vraiment, Tatiana, et il vous manque aussi, j'en suis certain ! Ecoutez, accompagnons ma mère dans son épreuve quelques jours encore. Nous verrons alors quelle décision prendre. Car il faudra en prendre une. Nous ne pouvons continuer à vivre comme nous le faisons.

Elle dut admettre qu'il avait raison.

— Je vous remercie pour les sandwichs et le thé… Je vais aller me coucher.

— C'est la solution la plus sage, en effet. Tâchez de dormir.

Quelques instants plus tard, le dos appuyé contre la porte de sa chambre, Tatiana tentait tant bien que mal de maîtriser les battements désordonnés de son cœur. « Pour vous, Alex, tout paraît simple ! pensa-t-elle, l'esprit en déroute. Pas pour moi ! »

Elle aurait voulu qu'il la prenne dans ses bras et qu'il lui fasse l'amour. Il s'était contenté de lui apporter de quoi se restaurer.

Elle finit par se mettre au lit et par s'endormir, tant elle était épuisée.

Pour compliquer encore les choses, l'état de santé d'Irina se détériora brusquement et les médecins demandèrent son transfert aux soins intensifs. Suivirent quatre jours atroces durant lesquels la patiente fut entre la vie et la mort.

— De nouveaux pensionnaires vont débarquer à Beaufort, Tatiana. Si vous voulez vous rendre là-bas…

— Alex ! Croyez-vous vraiment que je pourrais faire cela ?

120

Il semblait avoir vieilli de dix ans. Des cernes bleuâtres dévoraient son visage.

— Mais je peux…

— Ma place est auprès de vous, de George et d'Irina. Ma mère, Doug, Marie et Polly sont aux commandes. Ils peuvent se passer de moi. Mais je tiens à établir des règles précises — que vous allez me promettre de respecter ! Vous devez vous reposer et me laisser veiller sur la malade.

— Mon père…

— George a, lui aussi, besoin de repos. Allez dormir ! Je vous appelle si quelque chose de spécial se produit.

Deux jours plus tard, ils recevaient enfin l'assurance des médecins qu'Irina était définitivement hors de danger. La route serait encore longue jusqu'à la guérison totale, mais la patiente réagissait enfin positivement aux soins donnés.

Pour la première fois depuis l'opération, Tatiana put rentrer à l'appartement en même temps qu'Alex.

C'était une soirée à la douceur sans égale. Tandis que Tatiana préparait le repas, Alex s'installa dans la véranda, ses yeux fixés sur le soleil couchant et les premières lumières allumées sur le port.

Perdu dans ses pensées, il ne se retourna pas à son arrivée. Elle vint prendre place à ses côtés.

— J'ai eu très peur, Tatiana, avoua-t-il d'une voix brisée. Peur qu'elle s'en aille avant que ne se réalise son vœu le plus cher. Je n'ai vraiment pas été à la hauteur !

— Pas vous ! Moi !

— Non ! Le culte de la famille fait partie de notre culture. Il faut être grec pour en comprendre l'importance. En aucune façon vous ne pouvez être tenue pour responsable de ce qui nous arrive.

— Mais vous avez été un fils merveilleux et votre mère vous adore, Alex !

Ses épaules se voûtèrent.

— Je n'ai pas été à la hauteur de ses espérances. Je m'en veux terriblement. Si elle nous quitte, j'aurai du mal à m'en remettre.

— Je vous comprends. Irina possède quelque chose de spécial qui vous attache irrémédiablement à elle. Je le confesse, j'éprouve une immense tendresse pour elle.

— Merci, Tatiana ! Merci pour ces mots qui me font du bien. Je sais quelle pression elle a exercée sur vous...

Il avait l'air si fragile, si vulnérable, qu'elle glissa son bras autour de sa taille et posa sa tête sur son épaule. Puis elle affirma avec force :

— Elle va guérir, j'en suis certaine !

— Tatiana... vous n'êtes pas obligée...

— Non, en effet, je ne suis pas obligée.

Prenant sa main dans la sienne, elle l'entraîna à sa suite.

— Venez, pour ce que je veux faire sans y être obligée, nous serons mieux à l'intérieur.

— Mais... le dîner...

Elle lança un regard vers les modestes pâtes qu'elle venait de préparer et qui refroidissaient sur la table.

— Il peut attendre.

Il faisait sombre dans sa chambre. Elle alluma la lampe de chevet sur la table de nuit.

Alex se tenait debout au milieu de la pièce, regardant autour de lui avec curiosité.

— Je sais ce que vous pensez, dit-elle.

— Ah, oui !

— C'est un peu comme la prise de la Bastille !

Il esquissa un sourire.

— Cette chambre semblait être, en effet, jusqu'à ce jour, une place forte imprenable !

Elle porta la main qu'elle tenait toujours dans la sienne à ses lèvres.

— Elle ne l'est plus, Alex. A cet instant précis, je sais pourquoi je l'ai meublé d'un grand lit… Faites-moi l'amour, Alex. Je suis enfin prête.

— Tatiana… Vous réalisez, j'espère, que ce sera un point de non-retour.

Elle soutint son regard sans ciller.

— J'en suis tout à fait consciente.

Elle lut une question dans son regard.

— Vous vous demandez si je… si j'ai de l'expérience en la matière.

— Oui.

— Je n'en ai aucune. En fait, je ne sais plus très bien ce que je dois faire et quelles sont les étapes à franchir pour parvenir au but. Je vais donc être obligée de vous faire confiance car, ces étapes, je veux les franchir avec vous.

Alex était déstabilisé. Il avait planifié ce qui allait se produire. Ce qu'il n'avait pas prévu, c'est que ce serait elle qui mènerait le bal…

Devant sa parfaite immobilité, Tatiana se dressa sur la pointe de ses pieds et déposa un baiser sur ses lèvres.

— Vais-je dans la bonne direction ? murmura-t-elle contre sa bouche.

Il prononça son nom comme une prière et la serra contre lui à l'étouffer.

— Incontestablement !

Sans plus attendre, comme galvanisé, il s'empara de ses lèvres avec fièvre. Tatiana fut alors heureuse de lui confier la conduite de la suite des opérations.

— Vous êtes certaine que c'est ce que vous voulez ? Je peux encore arrêter...

— Surtout pas ! Est-il... est-il trop tôt pour se mettre au lit ?

— Il n'est jamais trop tôt pour s'y retrouver à deux !

Sans plus attendre, il se mit en devoir de la déshabiller, s'extasiant sur sa beauté au fur et à mesure qu'il la dénudait. Tatiana se laissa faire, pâmée.

Pour ne pas être en reste, cependant, elle lança, timide :

— J'aimerais pouvoir, moi aussi, vous déshabiller...

— Vous avez mon autorisation pleine et entière.

Il l'aida en ôtant sa cravate et sa veste. Quelques instants plus tard, ils se retrouvaient nus dans les bras l'un de l'autre.

Comme elle s'y attendait, Alex fut un guide merveilleux et, sous ses caresses, elle oublia bien vite son ignorance. Sans qu'elle eût rien à faire, son corps répondait à chacun de ses attouchements. Elle n'était plus que désir. Des laves incandescentes coulaient dans ses veines.

Alex semblait lui-même éprouver un plaisir intense à découvrir chaque recoin de son corps. Il n'en laissa aucun inexploré, lui arrachant au passage des cris de plaisir. C'est ainsi qu'il l'amena peu à peu vers ce qu'il attendait depuis si longtemps : la fusion de leurs deux corps. Il voulait que ce soit une complète réussite. Ce le fut. Et c'est ensemble, dans une totale harmonie, qu'ils atteignirent l'éblouissement final.

— Tu vas bien ? demanda Alex, repoussant tendrement de sa main une mèche rebelle qui tombait sur les yeux de la jeune femme.

Le tutoiement — utilisé pour la première fois — renforçait encore la complicité qui, désormais, les liait.

— Je me sens fantastiquement bien, Alex... mais j'étais

124

supposée être celle qui t'apporterait le réconfort dont tu avais besoin, non ?

— Tu l'as fait. Je me sens un homme nouveau.

— C'est vrai ?

— Oui ! Tu as fait merveille, Tatiana. Et, pour toi, c'était comment ?

— La chose la plus fabuleuse qui me soit arrivée !

Il la prit dans ses bras et la serra très fort contre lui.

— Tout bien considéré, s'exclama-t-il, cela valait vraiment la peine d'attendre !

9.

Le lendemain matin, Tatiana chantait au sortir de la douche.

Puis elle s'arrêta net. N'était-il pas trop tôt pour se laisser aller à l'euphorie ? Tout n'était pas réglé entre Alex et elle. Loin s'en faut.

Au moment où elle s'enveloppait dans une serviette, l'objet de ses pensées pénétra dans la salle de bains, vêtu d'un costume et d'une cravate, prêt pour le bureau.

— Je t'ai entendue chanter, non ?

— Euh… je… je chante souvent sous la douche.

Il arqua ses sourcils.

— Vraiment ! Ton humeur joyeuse n'a donc rien à voir avec ce qui s'est passé cette nuit !

— Euh… si, peut-être un peu.

Il s'approcha et dénoua la serviette qui masquait son corps à sa vue.

— Alex …

— Seulement un peu, vraiment ?

Elle le regarda, les yeux brillants.

— Je dois me rendre dans la cuisine…

Il déposa des baisers sur ses joues, ses lèvres, sa gorge.

— Cela peut attendre…

— Je dois nous préparer un petit déjeuner…

Prenant ses seins en coupe dans ses mains, il titilla de ses pouces leurs pointes dressées.

— Un petit déjeuner ! répéta-t-il comme si une telle chose n'était disponible que sur Mars.

— Nous… nous n'avons pas mangé, hier soir, bredouilla-t-elle.

— Non, en effet, mais j'ai une faim toute différente.

— Pourquoi t'es-tu habillé ?

— Une erreur.

Il ôta sa cravate et commença à déboutonner sa chemise. Tatiana le regarda, fascinée. Elle connaissait désormais son corps, pour l'avoir caressé ; mais elle ne se lassait pas de le contempler. Lorsqu'il se débarrassa de son pantalon, elle put constater combien il la désirait et une onde de chaleur la parcourut tout entière.

— Tu vas être en retard au bureau…

— Oui. Mais, pour rien au monde, je ne manquerais ce qui va suivre.

Elle n'aurait pas, quant à elle, donné sa place pour un empire.

La prenant par la main, il l'entraîna sous la douche et lui fit découvrir, pour son plus grand plaisir, de nouveaux jeux amoureux, l'eau tiède ruisselant sur leurs corps enlacés.

Plus tard, rassasiés de caresses, ils se restaurèrent sous la véranda. Un repas copieux avec des œufs, du bacon, des tomates grillées, des toasts, des fruits et… du champagne.

Alex leva son verre.

— Je bois à notre mariage, enfin consommé. As-tu des regrets ?

Un sourire illumina le visage de la jeune femme.

— Aucun !

— Je vais, hélas, être obligé de te quitter. Avec l'opération de ma mère, j'ai un peu délaissé mes affaires... Mais je rentrerai le plus tôt possible, je te le promets.

Faisant le tour de la table, il vint vers elle et embrassa son front.

— Comme il m'est difficile de te quitter, Tatiana ! La journée va me paraître bien longue, loin de toi !

La jeune femme leva les yeux vers lui. Il avait l'air si sincèrement désolé de partir qu'elle en fut toute remuée.

Une semaine s'écoula durant laquelle Alex passa le plus clair de son temps à ses côtés.

Ils ne se lassaient pas de faire l'amour, parfois dans les endroits les plus inattendus.

Alex ne manquait pas d'idées pour occuper leurs journées. Un jour, il l'emmena en expédition à Cooinda, dans le parc naturel de Kakadu. Ils louèrent un dinghy afin d'explorer les merveilles des Yellow Waters Wetlands et de la South Alligator River. Tatiana était aux anges de découvrir cette oasis de calme et de verdure, ces marais classés Patrimoine de l'Humanité par l'Unesco où pouvaient se reproduire en toute tranquillité des milliers d'oiseaux et autres animaux menacés d'extinction.

Au lieu de reprendre l'avion pour Darwin, cette nuit-là, Alex proposa de se rendre sur un des sites de la Seconde Guerre mondiale. Mount Bundy Station sur l'Adelaide River avait acquis une excellente réputation en matière d'accueil des touristes.

— Il peut être intéressant, pour toi, de voir comment les autres s'y prennent...

A sa grande surprise, Tatiana prit conscience que, depuis l'établissement de ses nouvelles relations avec Alex, Beaufort et Carnarvon avaient, pour elle, quelque peu perdu de leur intérêt.

Les conversations téléphoniques échangées avec Polly l'avaient pleinement rassurée. Tout se passait pour le mieux sur ses terres de Beaufort…

Mount Bundy méritait amplement sa notoriété. Tatiana tomba instantanément sous le charme de l'endroit et ils passèrent une soirée délicieuse, leur exquise hôtesse ayant eu l'idée de rassembler tous ses clients pour un dîner aux chandelles dans les jardins de l'Adelaide River Tavern.

Le célèbre film *Crocodile Dundee* avait fait le renom de l'endroit. Le bison « dompté » par Paul Logan avait, après le tournage, coulé des jours paisibles jusqu'à sa mort dans la région, et sa dépouille, soigneusement empaillée, trônait désormais près du bar de la taverne, pour le grand bonheur des touristes.

— Il nous manque une attraction de ce type à Beaufort, lança Tatiana, en cachant mal son hilarité, comme ils venaient de se retirer dans leur chambre. Ne pourrais-tu « dompter » un de nos magnifiques taureaux, dont nous exposerions la dépouille dans le hall ?

— Dieu nous en préserve ! rétorqua Alex. Sais-tu que, dans le film, le bison « dompté » par Paul Logan l'avait été, au préalable, par d'éminents professionnels ?

Tatiana laissa échapper un soupir.

— Ainsi, les héros n'existent plus ! Dommage !

— Tu oublies que, tel Zorro, j'ai volé à ton secours, empêchant un horrible monstre de t'enlever !

— C'est vrai ! Tu es mon chevalier des temps modernes, et ta Jaguar ton fier destrier. Mais si j'apprécie ta force, j'adore tes caresses…

— Comme celle-ci ?

Dégrafant son soutien-gorge, il prit ses seins en coupe dans ses mains.

— Ou celle-là, rétorqua-t-elle ne lui offrant ses lèvres.

Le résultat ne se fit guère attendre. Ils se retrouvèrent nus sur le lit, dans les bras l'un de l'autre, avides de ces caresses qu'ils savaient désormais se prodiguer jusqu'à l'extase.

Quand, bien plus tard, ils reprirent leur souffle, Alex chercha le regard de Tatiana.

— Pourquoi as-tu cherché à me faire croire qu'il y avait un homme dans ta vie, Tatiana ? Je sais maintenant que ce n'était pas le cas.

— Je… je n'ai pas dit explicitement que j'avais un amant !

— Non, mais tu m'as laissé le penser.

— Tu avais une maîtresse. Je souffrais d'un complexe d'infériorité.

— Ainsi, la « très bonne raison » invoquée pour ne pas vouloir poursuivre ce mariage de convention n'était pas un homme ?

— Non !

— J'espère, qu'un jour, tu accepteras de te confier à moi. Mais, pour l'instant, il est grand temps de dormir…

A peine avait-il prononcé ces mots qu'il s'assoupissait. Ce ne fut, hélas, pas aussi facile pour Tatiana. Obsédée par sa « très bonne raison », elle eut bien du mal à trouver le sommeil. Les questions s'enchaînaient, pas les réponses.

Alex était-il amoureux d'elle ? Elle continuait à en douter car pas un seul mot d'amour n'avait été prononcé au cours de leurs ébats. Il la désirait, cela ne faisait aucun doute. Il le lui avait prouvé à maintes reprises. Mais le désir n'est pas l'amour.

Elle s'était donnée à lui. Sur ce point, elle ne pouvait revenir en arrière. Le regretter aurait été absurde. Alex était le plus merveilleux des amants qu'une femme puisse rêver. Mais n'allait-il pas se lasser ?

Comme pour répondre à cette question muette, Alex la serra plus fort encore contre lui.

Alors, poussant un soupir d'aise, Tatiana ferma les yeux et le rejoignit dans le sommeil.

— Je… Il va falloir trouver de nouveaux arrangements.

— Quels arrangements ? Ta place, désormais, est ici, à mes côtés !

La jeune femme était effondrée. L'homme qui lui parlait ainsi était-il le même que celui qui lui avait fait l'amour avec passion quelques heures plus tôt ?

— Ne prends pas ce ton avec moi, Alex Constantin ! Je ne suis pas responsable du cours des événements. Je te rappelle que c'est toi qui es à l'initiative de cette nouvelle activité du domaine de Beaufort. Selon toi, j'étais la femme idéale pour mener à bien cette affaire. Elle est désormais lancée. Je ne puis, aujourd'hui, m'en désintéresser !

— Ainsi, tu refuses d'admettre que ta place est à mes côtés !

— Non ! Oui ! Je refuse, surtout, de me sentir coupable de quoi que ce soit ! Et je refuse à qui que ce soit le droit de me dire où est ma place !

— Dans tout mariage — de convenance ou non — la place de l'épouse est aux côtés de son mari !

— Je ne suis pas sous tes ordres, Alex !

— Il se trouve que je ne suis pas resté inactif, aujourd'hui. J'ai trouvé le couple parfait pour mener à bien cette affaire. Des gens d'expérience qui ont géré, avec beaucoup d'efficacité, un hôtel dans le Litchfield National Park.

Tatiana faillit s'étrangler de rage.

— Que les choses soient claires, Alex ! Une telle décision ne peut être prise unilatéralement. J'existe par moi-même et j'ai droit au chapitre !

Il la défia du regard.

— Réponds-moi franchement, Tatiana. Qu'est-ce qui compte le plus pour toi ? Moi ou tes terres ?

Piquée au vif, la jeune femme se redressa et, sans doute

...née par l'esprit de ses ancêtres, elle répondit, les yeux dans ses yeux :

— Cette question est stupide, Alex. Si stupide que je te laisse le soin de trouver la réponse par toi-même.

Elle dormait lorsqu'il rentra cette nuit-là. Elle avait pris soin de ne pas fermer la porte de la chambre à clé mais il ne vint pas la rejoindre.

Elle en fut profondément affectée.

Qu'avait-elle donc espéré ? Un miracle ? Que, sur l'oreiller, ils arrivent à prendre, en commun, les mesures nécessaires pour que leur mariage soit une réussite ?

Quelle naïveté de sa part ! Comment avait-elle pu se croire investie d'un quelconque pouvoir sur lui ?

Dès le matin venu, elle décida de sortir, d'aller marcher, de s'occuper l'esprit afin de ne pas déprimer de nouveau.

Sans prêter la moindre attention à sa toilette, elle revêtit les premiers vêtements qui lui tombèrent sous la main : un T-shirt et un pantalon dont elle avait eu l'intention de se débarrasser tant ils étaient devenus informes. Puis, sans maquillage et ses cheveux à peine brossés, elle quitta l'appartement et se dirigea vers Cullen Bay, afin d'y prendre son petit déjeuner.

Ce lieu, vivant et très fréquenté, lui permettrait peut-être d'oublier ses idées noires. Elle s'installa à la terrasse de sa brasserie préférée et commanda un café et un muffin aux raisins. Elle n'avait pas faim. Elle éprouvait simplement un terrible sentiment de vide.

Ce fut alors que se présenta devant elle la dernière personne qu'elle aurait souhaité rencontrer : Leonie Falconer. Sans y être le moins du monde invitée, l'ex-maîtresse d'Alex prit place à sa table, en face d'elle.

134

— Que se passe-t-il, Tatiana ? Vous n'avez pas l'air dans votre assiette.

Leonie semblait, pour sa part, en très grande forme. Elle portait un haut chatoyant et très court, laissant à découvert son nombril percé d'un diamant, et sa jupe moulait ses hanches. Elle était, tout simplement, superbe et terriblement sexy.

Tatiana ne put s'empêcher de jeter un regard à sa propre tenue. Comparée à la ravissante Leonie, elle devait ressembler à une souris grise.

— Je vais très bien, Leonie, affirma-t-elle cependant avec assurance. Merci de vous préoccuper de ma santé.

Elle parvint même à esquisser un sourire avant d'ajouter :

— Seulement, les nuits avec Alex sont épuisantes…

— Vraiment ? Je vous ai observée avant de vous aborder. La tristesse se lisait sur votre visage.

Tatiana se redressa sur sa chaise.

— Parce que je vais devoir quitter Alex durant quelques jours. Je dois rejoindre mes terres. On a besoin de moi, là-bas.

— Oh… Ainsi, vous prenez le risque de vous éloigner ! Vous n'avez donc pas peur qu'Alex vous remplace ?

Ces mots pénétrèrent le cœur de Tatiana, particulièrement sensible à cette heure, comme autant de coups de poignard.

Comme elle tardait à répondre, Leonie reprit, perfide :

— Vous saviez, bien entendu, qu'il passait certaines de ses nuits avec moi, au début de votre mariage ?

— Bien entendu ! Je lui avais moi-même conseillé d'avoir une maîtresse. Ces choses-là ne portent pas à conséquence.

Sa rivale parut stupéfaite, et Tatiana en conçut une extrême satisfaction. Mais la belle était coriace.

— Etes-vous aussi confiante quand il s'agit de Flora Simpson ?

— Plus encore ! affirma Tatiana, sans hésitation. Elle est retournée vivre avec son mari, non ?

— Vous n'êtes donc pas au courant ! Flora est de retour à Darwin. Elle a divorcé. Alex était éperdument amoureux d'elle. Toute la ville sait pourquoi Alex vous a passé la bague au doigt. Ne pouvant avoir la femme qu'il aimait, peu lui importait la femme qu'il épousait.

Tatiana but calmement une gorgée de son café et fut très fière d'avoir pu reposer sa tasse sans que sa main ait tremblé.

— Vraiment ! dit-elle. Je me demande, alors, pourquoi il ne vous a pas épousée, Leonie.

Le visage de Leonie prit une affreuse teinte grisâtre.

— Parce que vous possédiez quelque chose que je n'avais pas : des terres d'élevage et deux cheptels bovins capables de rapporter beaucoup d'argent.

— Exactement ! Mais je ne perdais pas au change. Contre mes terres, j'obtenais le savoir-faire et l'expérience d'Alex… dans tous les domaines ! Non, croyez-moi, ce n'était pas un mauvais marché !

Tatiana déposa l'argent de sa consommation sur la table et se leva.

— C'est toujours un réel plaisir de vous rencontrer, Leonie. Je vous souhaite une bonne journée.

Sur ce, elle partit sans se retourner.

Au volant de sa Golf, Tatiana se dirigea vers l'association caritative pour laquelle elle donnait beaucoup de son temps. Elle éprouvait un urgent besoin de rencontrer des êtres humains différents de Leonie Falconer.

L'association travaillait principalement avec des avocats bénévoles. Jenny Jones, l'une des plus efficaces, était devenue son amie. Par chance, elle n'était pas occupée lorsque Tatiana pénétra dans son bureau. Elle prit place dans un fauteuil en face de l'avocate.

— Rien de spécial, depuis mon dernier passage, Jenny ?

— Non, juste la routine. Ah, si ! Laura Pearson a eu son bébé — un garçon — mais, comme c'était à prévoir, le père a disparu dans la nature.

Laura était la secrétaire de l'association. Tatiana avait beaucoup d'affection pour elle. Elle demanda son adresse, dans l'intention de lui rendre visite et de lui apporter un cadeau.

— Comment ça se passe à Beaufort, Tatiana ? s'enquit Jenny. Tu nous manques, ici.

— Nous remportons un certain succès.

Mais Tatiana n'était pas venue rendre visite à Jenny pour lui parler de sa petite entreprise. Une question lui vint spontanément aux lèvres.

— Jenny… comment s'y prend-on pour trouver la nouvelle adresse d'une personne de retour en ville ?

Si la question surprit Jenny, elle n'en laissa rien paraître.

— Tu peux essayer de consulter les listes électorales.

Tatiana fit la moue.

— Non. Son retour est trop récent. Elle ne peut être déjà inscrite.

— Etait-elle connue avant son départ ?

— Peut-être.

— Alors, essaye la presse locale. On a peut-être annoncé son retour dans les journaux.

L'avocate écrivit un nom sur un papier.

— Voici les coordonnées d'une de mes amies journalistes. Va la voir, elle te renseignera.

Quelques instants plus tard, Tatiana quittait les bureaux de l'association.

Etait-il raisonnable que Tatiana Constantin se présente dans un centre de presse et sollicite des informations sur Flora Simpson ?

Hélas, le venin distillé par Leonie avait fait son effet. Tatiana

137

ne pensait plus qu'à une chose : voir à quoi ressemblait cette femme qui — de l'avis de deux personnes — avait eu tant d'importance dans la vie d'Alex.

Elle ne savait quelle décision prendre quand, marchant au hasard des rues, elle se retrouva devant un délicieux ours en peluche exposé dans une vitrine. « Le cadeau idéal pour le bébé de Laura », pensa-t-elle aussitôt. Elle entra dans le magasin pour l'acquérir.

Un peu plus loin, elle fit un tout autre achat : un chapeau dont elle pouvait rabattre le bord afin de dissimuler son visage.

Rendue ainsi méconnaissable, elle pénétra dans le hall du centre de presse. A la réceptionniste, elle formula sa requête : Jenny Jones, l'avocate de l'association caritative, désirait obtenir des informations sur Flora Simpson, de retour à Darwin.

Le nom de l'avocate agit comme un sésame. Sans même qu'elle ait besoin de rencontrer la journaliste conseillée par son amie, Tatiana ressortit du centre, un dossier de coupures de presse à la main.

De retour à la maison, elle rangea soigneusement le chapeau dans sa penderie et s'enferma à clé dans sa chambre afin d'examiner le dossier tout à loisir.

Hélas, très vite, elle devait regretter amèrement sa démarche. Flora Simpson était une très belle femme. Les photos en étaient la preuve irréfutable. A l'agonie, Tatiana lut le commentaire qui les accompagnait. La journaliste était heureuse d'annoncer le retour en ville de la jeune divorcée.

Tatiana remit les photos dans l'enveloppe et les cacha dans un des tiroirs de sa commode.

La sonnerie du téléphone retentit. Elle décrocha. C'était Alex.

— Tatiana ?

— Oui.

La transmission était de très mauvaise qualité.

— Je t'entends mal, où es-tu ? demanda la jeune femme.

— Dans un avion. J'ai dû partir en urgence pour l'une de nos fermes du Nord, mais je serai de retour demain.

— Ne te presse pas. Je ne serai plus à Darwin. Je pars pour Beaufort.

— Non, je t'en prie, ne fais pas ça !

— Je dois le faire !

Sur ces mots, elle raccrocha. Quelques secondes plus tard, le téléphone sonna de nouveau. Elle l'ignora comme elle le fit encore, une demi-heure plus tard, lors d'un nouvel appel.

Mais elle n'allait pas tarder à découvrir qu'Alex Constantin n'était pas le genre d'homme que l'on peut traiter ainsi.

Elle sortait de l'appartement pour rendre une dernière visite à Irina, à l'hôpital, quand elle se retrouva nez à nez avec une sorte de colosse campant sur le palier, devant sa porte.

Il se présenta. Il était un agent de la sécurité à qui Alex avait donné l'ordre d'assurer sa protection.

Le cœur en émoi, Tatiana referma la porte et se rua sur le téléphone afin d'appeler Paula Gibbs, la secrétaire d'Alex.

— Que se passe-t-il, Paula ? Il y a un colosse devant ma porte qui prétend être un garde du corps.

— Oh, madame Constantin ! Quel bonheur de vous avoir au bout du fil. Je m'apprêtais à venir à votre domicile. J'ai tenté en vain de vous appeler. Cet homme dit vrai. Il fait partie de nos agents. M. Constantin l'a attaché à votre service.

— Mais, enfin, je n'ai besoin de personne !

— M. Constantin est très inquiet et…

— Il n'a pas à l'être ! Merci pour tout, Paula. Je vous souhaite une bonne journée !

Ouvrant la porte de l'appartement, elle avisa le « cerbère » — toujours en faction — qui allait devoir l'accompagner dans le district de Kimberley où elle avait l'intention de se rendre.

Visiblement embarrassé, l'homme l'informa avoir reçu des instructions très strictes, à ce sujet, de la part de son mari.

— Désolé mais je dois veiller à ce que vous ne quittiez pas Darwin avant son retour, madame Constantin. Pour votre sécurité !

La rage au cœur, Tatiana dut se rendre à l'hôpital, le colosse recroquevillé dans le siège passager de sa Golf.

« Si Alex pense pouvoir me retenir ainsi prisonnière, c'est qu'il me connaît vraiment très mal ! » pensa-t-elle.

Elle n'était pas une Beaufort pour rien.

10.

— Comment vous appelez-vous ?

— Leroy, madame.

— Bien ! Leroy, pourriez-vous, s'il vous plaît, cesser de faire craquer vos jointures ?

— Oh… je… Excusez-moi, madame !

— Qu'allez-vous faire pendant que je rends visite à ma belle-mère ?

— Attendre devant la porte. Ne vous inquiétez pas, vous ne vous rendrez même pas compte que je suis là.

Tatiana sourit. Etant donné sa taille, elle doutait qu'il puisse passer inaperçu.

— Et cette nuit ?

— Je serai remplacé par mon collègue. Nous travaillons en tandem. Vous n'avez donc aucune crainte à avoir. Vous serez protégée de jour comme de nuit.

« Emprisonnée, plutôt ! » pensa rageusement la jeune femme.

Elle lança un regard vers son garde du corps. Il avait un visage presque enfantin et semblait décidé à remplir scrupuleusement la mission qui lui avait été confiée. Pauvre Leroy ! Il ne le savait pas encore, mais il allait avoir de sérieux problèmes.

Tatiana trouva Irina assise dans un fauteuil, vêtue d'un ravissant pyjama de soie rose. Elle déposa deux baisers affectueux sur les joues de la convalescente.

— Vous avez une mine éblouissante, Irina, s'exclama-t-elle, sincère.

— Je retrouve peu à peu mes forces. Il paraît que je vais sortir bientôt et… marcher ! Avec une canne, tout d'abord, puis sans aucune aide.

— J'en suis ravie.

— Vous avez été adorable de vous occuper de moi comme vous l'avez fait ! Alex a beaucoup de chance de vous avoir eu auprès de lui durant toutes ces semaines.

— Irina, je vais devoir, de nouveau, quitter Darwin pour Beaufort.

Elle expliqua la situation.

— J'ai été si heureuse d'apprendre ce qui arrive à votre mère ! repartit Irina. Tomber amoureuse, quel bonheur ! C'est tellement romantique ! Elle m'a présenté son ami. Je lui ai acheté une toile. J'espère que son exposition sera une réussite. Doug a du talent. Combien de temps comptez-vous rester sur vos terres ?

— Je l'ignore. Nous allons devoir faire de nouveaux arrangements. Alex affirme avoir déniché un couple à qui on pourrait confier la responsabilité de l'affaire. Mais, vous le savez, je suis très attachée à Beaufort, la terre de mes ancêtres.

Irina lui lança un regard songeur.

— Nous nous sommes tous trompés sur votre compte…

Tatiana battit des paupières, étonnée.

— Alex, en particulier, poursuivit sa belle-mère. Il pensait que votre jeunesse vous rendrait malléable à souhait… Or vous avez du caractère et savez ce que vous voulez. Ce qui n'est pas pour me déplaire !

La surprise rendit Tatiana muette. Irina sourit.

— Tout le monde pense que l'amour que je porte à mon fils me rend aveugle. Tout le monde se trompe. C'est vrai, j'ignorais sa liaison avec Leonie Falconer. Je n'ai compris qui elle était que le soir de la fête. Je me suis sentie terriblement coupable de l'avoir invitée ! Et je viens d'apprendre que Flora Simpson est de retour à Darwin.

— Vous… vous savez également pour Flora ! Vous n'étiez pas sensée être au courant !

Irina sourit de nouveau.

— George et moi l'étions tous deux en pensant que l'autre ne l'était pas. Tatiana, vous seule pouvez décider de la suite à donner à ce mariage. Personne n'a le droit de vous imposer quoi que ce soit. George est persuadé que, dans notre mariage de convenance, c'est lui qui m'a choisie sur les conseils de sa mère. Ce qu'il ignore, c'est que j'avais fortement intrigué auprès de cette dernière afin qu'elle me choisisse. Fine psychologue, elle a œuvré pour laisser croire à son fils qu'il avait eu son mot à dire. Je ne l'ai jamais désillusionné. Les hommes doivent toujours se croire les plus forts.

Les deux femmes se sourirent, complices.

— Pour Alex, continua Irina, j'ai vraiment recherché la femme dont il pourrait tomber amoureux ou, tout au moins, qu'il pourrait respecter et admirer. Résultat : j'ai trouvé la femme que je respecte et pour qui j'ai la plus grande admiration. J'ai longtemps prié pour que vous et mon fils trouviez le bonheur. Mais après ce flirt avec la mort, j'ai changé d'attitude. Ce qui m'importe, désormais, Tatiana, c'est que vous trouviez la meilleure façon de réussir *votre* vie. Quel que soit votre choix, vous aurez ma bénédiction.

Une vague d'émotion submergea Tatiana. Les mots, si longtemps retenus, tombèrent alors de ses lèvres.

— J'aime éperdument votre fils, Irina, mais je ne resterai pas son épouse s'il ne m'aime pas.

— Je l'avais deviné, ma fille.

Se penchant, elle entoura la jeune femme de ses bras et la serra fort contre son cœur.

— Si mon fils renoue avec Flora Simpson — ce que j'aurais du mal à croire — alors, c'est qu'il est le roi des imbéciles !

De retour à l'appartement, Tatiana tenta de se remettre de ses émotions. Elle éprouvait un réel soulagement d'avoir enfin dit la vérité à sa belle-mère. Un soulagement plus grand encore de pouvoir compter sur le soutien inconditionnel de celle-ci.

Restait la grande question : comment Alex allait-il réagir au retour de Flora Simpson ?

Sans parler de son comportement inadmissible. La faire garder par un agent de la sécurité ! S'il croyait ainsi l'amener à se plier à sa volonté, il allait avoir des surprises. Elle avait un plan…

Une fois l'ours en peluche, acheté plus tôt dans la journée, enveloppé dans un papier cadeau, elle apporta du thé et des gâteaux à Leroy.

— Merci beaucoup, madame Constantin, dit l'homme, reconnaissant.

— Ce soir, je vais dîner chez une amie. Avez-vous une voiture ?

— Oui, pourquoi ?

— Elle doit être plus spacieuse que ma Golf. Pourquoi ne pas la prendre ? Nous y serions plus à l'aise.

Le visage de Leroy s'illumina d'un sourire.

— Cela ne vous ennuie pas ?

— Pas du tout ! Je me prépare et nous partons.

*
* *

144

— Où dois-je vous conduire ? fit Leroy tandis qu'elle prenait place sur le siège passager d'une voiture deux fois plus grande que sa Golf.

Tatiana lui donna l'adresse de la maison de Laura, dans Fannie Bay.

— Avez-vous prévu de quoi vous nourrir, Leroy ? s'enquit-elle. Vous allez devoir m'attendre durant des heures.

— J'allais justement vous demander l'autorisation de m'arrêter dans un fast-food pour acheter de quoi me restaurer, madame Constantin.

— Faites donc ! Je ne veux pas vous affamer.

Ils s'arrêtèrent dans un fast-food où Leroy acheta une montagne de nourriture puis ils poursuivirent jusqu'à Fannie Bay et se garèrent devant la maison de Laura.

— Ne vous inquiétez pas, madame Constantin, je ferai des rondes régulières pour m'assurer que tout va bien, dit Leroy tandis que Tatiana quittait la voiture.

La jeune femme eut des remords. Leroy faisait son métier et elle projetait de lui fausser compagnie… Elle espérait sincèrement qu'il ne serait pas sanctionné.

Laura l'accueillit avec enthousiasme, et se confondit en remerciements pour la peluche. Tatiana s'extasia devant le bébé. Les deux femmes s'assirent pour bavarder et boire leur thé. Puis le bébé protesta.

— C'est l'heure de la tétée, annonça Laura.

— Et celle de mon départ, dit Tatiana. Je ne puis rester plus longtemps car je dois me rendre sur mes terres de Beaufort. Inutile de me raccompagner, Laura, je connais le chemin.

Son plan était des plus simples.

Après s'être assurée que, confortablement installée dans le canapé, Laura n'avait plus d'yeux que pour son enfant, Tatiana prit congé et, au lieu de se diriger vers le portail derrière lequel l'attendait Leroy, contourna la maison, enjamba la barrière qui la séparait de celle du voisin et sortit dans la rue adjacente.

Là, à l'aide de son téléphone portable, elle appela un taxi. En moins de vingt minutes, elle se retrouva dans le garage de son appartement, où elle prit sa Golf pour se diriger vers l'aéroport.

Lorsqu'elle fut certaine que personne ne pourrait plus l'arrêter, elle appela Paula Gibbs.

— Madame Constantin !

— Dites à Alex que je suis en route pour Beaufort. Tout va bien. Personne ne m'a enlevée. Mais, surtout, appelez Leroy. Qu'on ne lui reproche rien. Il a parfaitement fait son travail. J'ai réussi à tromper sa vigilance, c'est tout.

— Mais… pourquoi ?

— C'est une affaire qui ne concerne qu'Alex et moi, Paula ! N'ayez aucune inquiétude. Tout va pour le mieux.

Elle se trompait ! Le voyage ne fut pas aussi simple qu'elle l'avait imaginé… Aucun pilote n'étant disponible, elle dut prendre un bus jusqu'à Kununurra et passer la nuit à l'hôtel. Ce n'est donc que le lendemain qu'elle fut sur ses terres.

Polly, prévenue, l'attendait.

— Dieu merci, vous voilà ! Alex est d'une humeur massacrante et un plein car de touristes a débarqué à l'improviste.

— Alex est là ! s'étonna Tatiana. Je le croyais retenu dans une de ses fermes ! Où sont ma mère et Doug ? Nos prochains clients ne devaient arriver que dans trois jours !

— Montez ! fit Polly en lui ouvrant la portière. Je vous expliquerai tout en chemin.

Ce qu'elle fit.

Arrivé la veille, en direct de la ferme où il venait de régler un problème, Alex avait aussitôt renvoyé Natalie et Doug à Perth où ils avaient à faire. C'est alors qu'un car de touristes — non

146

prévu — avait fait son apparition ; et ces braves gens avaient demandé à être logés pour deux nuits.

— Dieu merci, Alex a tout pris en charge. A l'instant même, il fait, avec les clients, le tour du billabong, laissant ainsi à ma mère le temps de préparer le repas. Mais il a tout d'abord passé je ne sais combien de coups de téléphone. Il était inquiet. Personne ne savait où vous étiez. Et, Dieu du ciel, pourquoi être venue en bus ?

— J'ai essayé sans succès de louer les services d'un pilote. Aucun n'était disponible.

Polly lui lança un regard étonné.

— Même ceux des entreprises Constantin ?

— Euh… c'est un peu compliqué, Polly ! Où est César ?

— Avec Alex. Ils seront de retour dans deux heures.

Les deux heures annoncées parurent durer, pour Tatiana, une éternité. Elle imaginait sans peine la rage d'Alex. Sa désobéissance l'avait plongé dans une vive inquiétude !

Lorsque, le tour du billabong accompli, tous rentrèrent au ranch, le visage d'Alex semblait sculpté dans du marbre. César, en revanche, lui fit fête. Elle se pencha et il bondit dans ses bras.

— Nous avons été séparés depuis bien trop longtemps, mon trésor, dit-elle en serrant la boule de poils frémissante contre son cœur. Cela ne doit plus jamais se reproduire.

Alex la présenta au groupe de touristes et tous déclarèrent être enchantés de leur promenade.

— Si vous voulez bien nous excuser, dit Alex, ma femme et moi avons besoin de parler.

Polly prit aussitôt la direction des opérations, déclarant qu'un thé allait être servi dans le salon.

*
* *

Prenant Tatiana par le coude, Alex l'entraîna hors de la pièce.

A quelques mètres de la maison se trouvait une pergola, nantie d'un banc. Construite sur un promontoire, elle offrait une vue imprenable sur la vallée.

Mais Alex ne la conduisait pas dans ce lieu idyllique pour contempler les beautés du paysage. Même César, sentant la tension ambiante, n'osait se manifester, adoptant un profil bas.

Comme ils montaient en silence les marches conduisant à la pergola, Tatiana prit soudain la parole.

— Si tu me conduis là-haut pour faire mon procès, Alex, tu perds ton temps. Je ne me sens nullement coupable !

Ayant pris soin de prendre une douche, elle était fraîche et pimpante, alors qu'il était encore couvert de poussière.

— Pourquoi voudrais-je faire ton procès ?

— Parce que j'ai désobéi. Qu'espérais-tu ? Que je me laisse emprisonner ? Je n'accepte pas cette dictature et, surtout…

Elle fit une pause. N'était-elle pas en train, une fois encore, de se justifier ?

— Continue ! l'adjura-t-il.

— … je ne puis rester dans une ville où je ne cesse de rencontrer tes ex-maîtresses !

Il libéra son coude.

— Quand cela s'est-il produit ?

— Peu importe !

— Cela peut, au contraire avoir de l'importance car… Comment qualifies-tu ta conduite, Tatiana ? Leroy…

— … n'est en rien fautif ! J'ai trompé sa vigilance ! Tu ne dois pas le sanctionner !

— Ma mère…

— … était au courant de mon départ pour les terres de Beaufort et l'approuvait !

— Tu t'es entretenue avec ma mère ?

— Oui !

— Que lui as-tu dit ?

— Que je ne pouvais rester l'épouse d'un homme qui ne m'aimait pas.

— Pourquoi ?

Parce que je t'aime à en mourir...

Mais ces mots-là ne réussirent pas à franchir sa gorge nouée.

— Je... je comprends désormais que tu ne puisses m'aimer, répondit-elle. Je... j'ai vu Flora Simpson et...

— Quand ?

— Je ne l'ai pas vue en chair et en os, seulement en photo...

— A quelle occasion ?

— Je... je préférerais ne pas en parler. C'est un peu... embarrassant !

— Je veux savoir !

Tatiana comprit qu'il ne la laisserait pas en paix avant qu'elle ne s'exécute.

— J'ai tout d'abord rencontré Leonie dans un café. Elle m'a annoncé le divorce de Flora et son retour à Darwin. Ton père m'avait parlé de l'amour que tu portais à cette femme. Il était juste que je lui laisse la place.

Elle lui conta le stratagème utilisé pour obtenir une photo d'elle.

— Elle est très belle, Alex !

— Tatiana...

— Oui...

— Tu n'as donc rien compris !

— Compris quoi ?

— Que j'étais maladivement jaloux de l'intérêt que tu portais à tes terres de Beaufort et de Carnarvon ! Elles signifiaient tant pour toi. J'avais l'impression qu'elles seules comptaient !

149

— Alex, je…

— Je suis tombé éperdument amoureux de toi, Tatiana ! A en perdre la raison. La preuve ? J'ai essayé de te retenir prisonnière, attachant deux des gardes de la sécurité à tes basques afin que tu ne puisses pas te rendre sur tes terres sans moi.

Tatiana porta la main à son cœur. Elle rêvait ! Elle allait se réveiller !

Approchant sa main de son visage, Alex caressa sa joue, la regardant comme si elle était la huitième merveille du monde.

— J'ignorais que Flora était de retour à Darwin et je m'en fiche comme d'une guigne. Elle m'a fait beaucoup de mal par le passé, c'est vrai. Je m'étais juré de ne jamais plus tomber amoureux. Mais une femme a réussi à briser ma carapace. Une femme merveilleuse, intelligente, sensible. Une femme à la volonté de fer. Une femme qui fait la conquête de tous ceux qui l'approchent. Toi, Tatiana ! Quand Paula m'a téléphoné pour m'avertir de ton départ pour Beaufort, j'ai pensé que je t'avais perdue à tout jamais. J'ai alors compris que tu m'étais devenue aussi indispensable que l'air que je respire.

Le sentiment de bonheur éprouvé par Tatiana était si grand qu'elle s'en trouvait paralysée.

— Oh, Alex, si… si tu savais…

— Parle-moi, Tatiana, dis-moi ce que tu éprouves pour moi ! Toutes ces démarches faites au sujet de Flora me laissent penser que…

— … je suis amoureuse de toi ? Je le suis effectivement, Alex. Depuis si longtemps ! Et…

Elle ne put poursuivre. Alex l'avait prise dans ses bras et la serrait contre lui à l'étouffer.

— J'ai cru que jamais je ne t'entendrais prononcer ces mots, mon amour ! Ils résonnent comme une musique céleste à mes oreilles. Je t'aime si fort !

150

Ils se tenaient assis, côte à côte, sur le banc de la pergola, face au soleil qui dardait ses derniers rayons sur le paysage grandiose s'étendant à leurs pieds. Ils avaient échangé maints baisers ardents, comme pour se rassurer mutuellement.

— Si j'aimais me réfugier ici, sur mes terres, avoua Tatiana, c'est parce que je ne pouvais supporter l'idée que tu en aimes une autre. Retrouver mes racines me procurait un sentiment de sécurité.

— Désires-tu continuer à accueillir des touristes ?

— Oui. Pour plusieurs raisons. Faire œuvre de pédagogie, montrer aux gens combien il est important de préserver cette nature magnifique pour les générations futures… Tout cela me paraît essentiel. Je veux aussi continuer pour Polly, ma mère et Doug, Marie et la femme du maréchal-ferrant. Tous ont eu une vie plus confortable financièrement, depuis le début de cette aventure. Et j'ai une dernière raison…

— Laisse-moi deviner. Tu espères sauver Carnarvon ?

— Oui.

— Tu ne baisses jamais les bras, n'est-ce pas ?

— Non !

Il la prit de nouveau dans ses bras.

— Nous serons deux, désormais, à réaliser tes rêves, mon amour.

Tatiana se lova contre lui. De tous ses rêves, le plus fou était devenu réalité. Alex était tombé amoureux d'elle. Cela lui donnait des ailes. A ses côtés, elle se sentait capable d'entreprendre et de réussir les choses les plus difficiles.

Sentant intuitivement le changement d'atmosphère, César émit un jappement pour se rappeler à leur attention. Dans un même élan, Tatiana et Alex se penchèrent pour le caresser.

— Tu vas devoir, dorénavant, dormir dans ton panier ! déclara sentencieusement Alex.

Comme s'il comprenait les duretés de la vie, César poussa un soupir à fendre l'âme.

Tatiana lui sourit.

« On ne peut gagner toutes les batailles, César ! »

Cette nuit-là, César gratta à la porte de leur chambre. Alex se leva, bien décidé à sévir. Mais, quand il ouvrit la porte, l'air malheureux du chiot lui chavira le cœur.

César ne dormit pas dans son panier, ce soir-là. Ni les autres, d'ailleurs...

Dès le 1er janvier 2007,

la collection *Azur*
vous propose de découvrir
8 romans inédits.

collection
Azur

8 romans par mois

<u>COLLECTION</u>
<u>HORIZON</u>

Des histoires d'amour romantiques qui vous mènent au bout du monde!

Découvrez la passion et les vives émotions qu'apportent à la Collection Horizon des auteurs de renommée internationale!

Captivantes, voire irrésistibles, ces histoires d'amour vous iront assurément droit au coeur.

Surveillez nos trois nouveaux titres chaque mois!

GEN-H-R

Bonus Astro 2007

	BÉLIER	TAUREAU	GÉMEAUX
Janvier	Travail	Ami/Famille	Amour
Février	Chance, Ami/Famille	Amour, Travail	Amour, Chance
Mars	Amour	Chance, Ami/Famille	Prudence
Avril	Prudence	Prudence	Ami/Famille
Mai	Travail, Ami/Famille	Travail, Vitalité	Amour, Travail
Juin	Chance	Amour	Prudence
Juillet	Amour, Travail	Travail, Ami/Famille	Amour, Ami/Famille
Août	Amour, Chance	Chance	Vitalité
Septembre	Travail	Vitalité	Amour
Octobre	Amour	Amour, Ami/Famille	Chance, Vitalité
Novembre	Prudence	Ami/Famille	Travail
Décembre	Amour, Chance	Chance, Travail	Amour, Vitalité

 Travail Amour Chance Prudence Vitalité  Ami/Famille

Bonus Astro 2007

	Cancer	Lion	Vierge
Janvier	Travail, Chance	Amour	Amour, Vitalité
Février	Amour	Travail, Prudence	Amour
Mars	Ami/Famille	Chance	Prudence
Avril	Prudence	Amour, Vitalité	Chance, Vitalité
Mai	Amour, Travail	Travail, Ami/Famille	Amour, Travail
Juin	Amour	Travail	Prudence
Juillet	Chance, Vitalité	Prudence	Chance, Ami/Famille
Août	Travail	Chance	Amour, Travail
Septembre	Amour	Chance, Vitalité	Chance
Octobre	Chance, Ami/Famille	Prudence	Prudence
Novembre	Amour, Chance	Amour, Chance	Amour, Ami/Famille
Décembre	Chance	Amour	Vitalité

 Travail Amour Chance Prudence Vitalité Ami/Famille

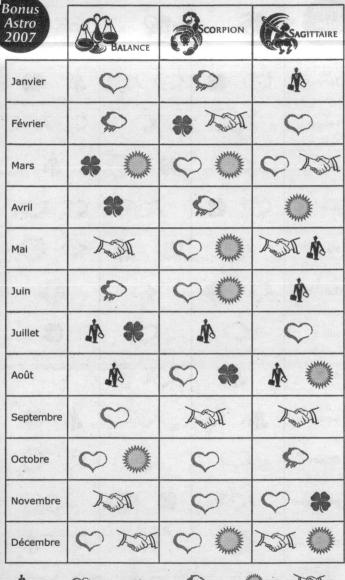

Bonus Astro 2007	BALANCE	SCORPION	SAGITTAIRE
Janvier	Amour	Prudence	Travail
Février	Prudence	Chance, Ami/Famille	Amour
Mars	Chance, Vitalité	Amour, Vitalité	Amour, Ami/Famille
Avril	Chance	Prudence	Vitalité
Mai	Ami/Famille	Amour, Vitalité	Ami/Famille, Travail
Juin	Prudence	Amour, Vitalité	Travail
Juillet	Travail, Chance	Travail	Amour
Août	Travail	Amour, Chance	Travail, Vitalité
Septembre	Amour	Ami/Famille	Ami/Famille
Octobre	Amour, Vitalité	Amour	Prudence
Novembre	Ami/Famille	Amour	Amour, Chance
Décembre	Amour, Ami/Famille	Amour, Vitalité	Ami/Famille, Vitalité

 Travail Amour Chance 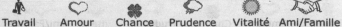 Prudence Vitalité Ami/Famille

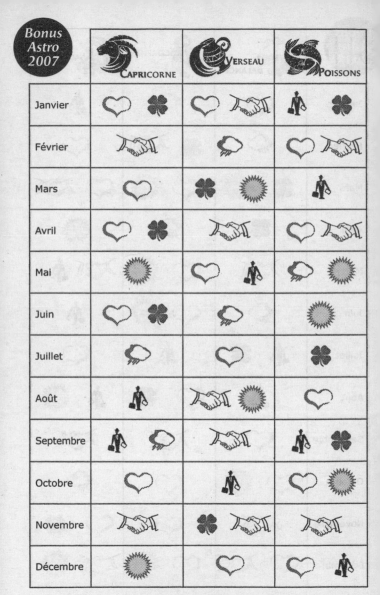

Bonus Astro 2007

	CAPRICORNE	VERSEAU	POISSONS
Janvier	Amour, Chance	Amour, Ami/Famille	Travail, Chance
Février	Ami/Famille	Prudence	Amour, Ami/Famille
Mars	Amour	Chance, Vitalité	Travail
Avril	Amour, Chance	Ami/Famille	Amour, Ami/Famille
Mai	Vitalité	Amour, Travail	Prudence, Vitalité
Juin	Amour, Chance	Prudence	Vitalité
Juillet	Prudence	Amour	Chance
Août	Travail	Ami/Famille, Vitalité	Amour
Septembre	Travail, Prudence	Ami/Famille	Travail, Chance
Octobre	Amour	Travail	Amour, Vitalité
Novembre	Ami/Famille	Chance, Ami/Famille	Ami/Famille
Décembre	Vitalité	Amour	Amour, Travail

 Travail Amour Chance Prudence Vitalité Ami/Famille

69 **L'ASTROLOGIE EN DIRECT**
TOUT AU LONG
DE L'ANNÉE.

(France métropolitaine uniquement)
Par téléphone 08.92.68.41.01
0,34 € la minute (Serveur JET MULTIMÉDIA).

Composé et édité par les
éditions Harlequin
Achevé d'imprimer en décembre 2006

BUSSIÈRE
GROUPE CPI

à Saint-Amand-Montrond (Cher)
Dépôt légal : janvier 2007
N° d'imprimeur : 62215 — N° d'éditeur : 12535

Imprimé en France